光文社文庫

文庫書下ろし

軽井沢迷宮
須美ちゃんは名探偵⁉

浅見光彦シリーズ番外

内田康夫財団事務局

光　文　社

この作品は光文社文庫のために書下ろされました。

目次

光文社文庫

文庫書下ろし

軽井沢迷宮　須美ちゃんは名探偵!?

浅見光彦シリーズ番外

内田康夫財団事務局

光　文　社

プロローグ

　さっきまで競うように舞い踊っていた二枚の葉が、重なるようにふわりと地面に着地した。

「コーヒーはいかがですか？」

　その声に振り返ると、玄関ドアの前で髭のオーナーが微笑んでいた。

「ありがとうございます。いただきます！」

「リビングにご用意しますね」

　オーナーに向かってうなずいてから白い日傘をたたみ、両手を空に伸ばすと、ゆっくりと深呼吸をする。東京のむせかえるような空気と違い、高原のそれは透明で美しい。ひんやりとした冷気を肺いっぱいに吸い込むと、体中に森の息吹が広がっていくようだ。

「軽井沢か――」

　昔から憧れていた場所ではあったが、今まで一度も訪れる機会に恵まれなかった。北海道、東北、西日本、それに海外にも何度か旅行したのに、東京からそれほど遠くないこの地には、不思議と縁がなかったのだ。

「……しかも、こんなに長い逗留《とうりゅう》だなんて」

自分へのご褒美――気分転換の旅。長いこと根を詰めて働き続けてきた心身をリフレッシュするために選んだのが、この場所だった。

軽井沢を、そしてこのペンションを選んだのは単なる偶然に過ぎない。テレビで軽井沢特集の番組をやっていたから。書店で最初に手にしたガイドブックの、たまたま開いたページに載っていたから――。

だが、その直感を信じたのは正解だった。

建物を抱くように広がる深い森。古き良き軽井沢を感じさせる落ち着いた雰囲気の室内。それに優しくて温かなペンションの人たち。

ゴールデンウィーク明けということもあってか、宿泊客の数も疎《まば》らだ。ただ静かに、小鳥の声や高原の風が揺らす葉音に耳を傾けて過ごしていると、時間がゆるゆると流れていくのを感じる。今までの自分が、いかに時間に追い立てられて走り続けてきたのかが、立ち止まってみてようやく分かった。

玄関ドアに手をかけ中に入ると、大好きな香りが鼻腔をくすぐる。

スリッパに履き替えて、ロビー兼リビングスペースになっている一角のソファーに腰をおろすと、「さあ、どうぞ」とクラシカルな柄のカップがテーブルに置かれた。

チェックインの際、オーナーはもうすぐ古希を迎えると言っていたが、とてもそうは見えない。髭は白いものが多いが、肌つやといい姿勢といい、十以上は若く感じる。

「昨晩は驚きましたよ」

そう言われて「すみません」と思わず苦笑が漏れた。


――東京からやってきて最初の晩。外の空気が吸いたくなって、十時過ぎにふらふらと外に出ると、建物の周りを散歩した。

月のない夜。天蓋《てんがい》を木々に覆われた森には黒い世界が広がっていた。その空間に畏怖の念を抱きつつ、同時に好奇心にかられ、少しだけあの中に入ってみたいと思った。

そして、自分でも気づかぬうちに、足はペンションの裏の、暗い森に向かっていた。明かりとなるものは何ひとつ持っていなかったが、けもの道が伸びていたはずだ。ちょっと進んだら戻ればいいと考え、そのまま森の奥へと分け入った。まっすぐ進んで、まっすぐ戻ってくるだけと自分に言い聞かせ、一歩、また一歩と、手探りで冥《くら》い森を進んでいく。

「……すごい」

しばらく行くとそこには幽玄の闇が横たわっていた。

立ち止まり、左右に目をこらすが、どこにも色彩がない。伸ばした自分の指先さえ見えない。初めて体験した真の暗闇に感動したが、それはわずかな時間だった。

すぐに足元からぞわぞわっと這い上がってくる得体のしれない感覚に、恐怖が湧いてきた。戻ろうと思って慌てて振り返ったが、そこにも底のない穴のような虚無がただ広がっている。

「え、嘘……」

ペンションの灯りが見えると思っていたのに、思った以上に歩いてきてしまったのだろうか。そもそも、今、自分はきちんと真後ろを振り向いただろうか。

「どうしよう……」

後悔しながらその場にしゃがみ込むと、土と草のやわらかい匂いがした。

一瞬、自分が軽井沢の森に取り込まれてしまったような錯覚に陥る。夜に囚われ、身動きが取れない。

ずいぶん長い間、そうしていたような気がするが、もしかしたらそれはほんの数分のことだったかもしれない。

不意に遠くから車の音が聞こえてきた。

弾かれるように立ち上がると、しびれた脚に思わずよろけた。咄嗟《とっさ》に伸ばした手の先にゴツゴツとした木があたり、抱きつくようにしがみつく。すると、車のライトが左から右へ流れていくのが見えた。

「あっちだ！」

安堵して、それでも慎重に手を伸ばしながら一歩、二歩と前進すると、すぐにペンションの窓から漏れるオレンジ色の灯りが見えた。木々に重なって隠れていただけで、たいして遠くまで来てしまったわけではなかったようだ。

「……よかった」

ガサガサと下草を踏み分け、裏口のドアから漏れる光にたどり着いたとき、ちょうどドアが開いた。出てきたのはオーナーだった。

「うわっ！」

髭を震わせ大声を上げたオーナーは、その場で尻餅をついた。

「——熊かと思いましたよ」

「ふふふ。でも、わたしもビックリしました。軽井沢の夜ってあんなに暗いんですね」

「そうですね。東京は夜中でもきらびやかな光に満ちあふれているでしょうから、都会からのお客様は驚かれるようですね。軽井沢はコンビニも夜は閉まりますし、この辺りは街灯もないですからね」

「だからこそ、月や星が綺麗に見えるんでしょうね。でも、昼と夜の景色……というか雰囲気があまりにも違っていて、森が恐ろしくさえ思いました」

「恐ろしい……ですか？」

「ええ。特に昨日みたいに新月の森は真っ暗闇で、一度入ったらなかなか抜けることのできない、まるで――」

そこで一度言葉を止めて、「迷宮のようでした――」と続けた。

第一章　あこがれの軽井沢

1

「ねえ、須美《すみ》ちゃん。これ見て」

花春《はなはる》の店内に入るや否や、顔をほころばせた小松原育代《こまつばらいくよ》が一枚のチラシを差し出してきた。もともと丸顔の育代は、最近とみにふっくらしてきた感がある。満月とまでは言わないが、今は十三夜くらいだろうか。

霜降《しもふり》銀座商店街に店を構えるここ花春は、若くして夫を亡くした育代が一人で切り盛りしている小さな生花店だ。そしてその育代に「須美ちゃん」と呼ばれる吉田《よしだ》須美子は、この店の常連客である。

須美子は芳紀まさに二十七歳。新潟県長岡《ながおか》市の出で、高校卒業後、この東京都北区にある名家、浅見《あさみ》家へ住み込みのお手伝いとしてやって来て九年になる。

育代のほうは本人曰く、まだぎりぎり五十代。須美子とは親子ほども年が離れているが、なぜだかとても馬が合う茶飲み友だちのような間柄だ。

この花春は、育代の義理の両親が営んでいた時代から、浅見家の御用達であったので、華道をたしなむ大奥様の雪江《ゆきえ》に、しばしば用事を言いつけられては、須美子はいそいそと出掛けてくる。

「なんですか、これ!?」

須美子はチラシを手に取り、目を丸くした。

『名探偵募集！』

でかでかとそんな文言が印刷されたA４判の用紙は、探偵事務所の求人や事件捜査を目的としたものではなく、なんと近所のバス会社の旅行広告であった。

シャーロック・ホームズを彷彿とさせるシルエットの下には、『一泊二日の軽井沢旅行ご招待！　あなたの頭脳がミステリーツアーに！』という文字が、太い書体で躍るように書かれていた。

「裏面の問題に正解した人の中から抽選で四組八名様が、一泊二日の軽井沢旅行に招待してもらえるんですって！　素敵よねえ軽井沢って。実はわたし、まだ一度も行ったことがないのよ。須美ちゃんはある？」

「いいえ、わたしもありませんけど……」

どうやら育代はこの軽井沢旅行に興味があるらしい。「バス会社の光羽《みつは》ちゃんがね、区内の商店街を一軒一軒回って宣伝しているの。彼女ね、見た目はちっちゃいけどすごくパワフルで、会うとこっちまで元気をもらえるのよ。昨年入社したばかりの新人さんで、ほんと可愛いのよぉ」と、今日このチラシを持ってきた女性のことを熱心に語る。

チラシの下のほうに小さく、「旅行企画・実施　北の街観光株式会社　代表　林理義／総合旅行業務取扱管理者　多田光羽」とあるところを見ると、この『名探偵募集！』のツアーは、彼女が取り仕切る企画なのかもしれない。

募集期間は今日、四月一日から二週間。ツアー自体は五月十三日（土）～十四日（日）の一泊二日だと書いてある。

「四組八名様だなんて、なんだか中途半端な人数ですね。どうせなら五組十名様のほうがインパクトがあると思うんですけど」

「そうよね。予算の関係かしらねえ。実は村中《むらなか》さんも、この軽井沢旅行を狙っているらしいの。五組にしてくれれば当選確率が上がったのにね」

育代はこの商店街のまとめ役をしている、ポリーシューズの村中歌子《うたこ》の名前を出しながら、チラチラと須美子に意味ありげな視線を投げかける。

「あ、須美ちゃん。立ち話もなんだから座って、座って。今、お茶を持ってくるから」

おそらく育代はこのチラシの問題を須美子に解いてほしいのだ。自分はすでに挑戦したもののお手上げ状態で、須美子に協力してもらってツアーに応募しようとでも思っているのだろう。日頃から育代がもちかけてくる相談事を、須美子は幾度となく解決に導いているし、そのことに小さな充足感を得ることもある。育代のほうは、そのお礼に——というわけでもないだろうが、客の少ない時間に立ち寄ると、こうしてお茶やお菓子を供してくれるのだ。

「ありがとうございます」

須美子は育代の見え見えの魂胆に苦笑しながら、店の奥にある小さな丸テーブルの、いつもの椅子に腰かけた。

テーブルの上には、先ほど受け取ったチラシが束になって置かれている。五十枚くらいはあるだろうか。店を訪れる客に配るために、育代が預かったのだろう。

須美子は手にしたチラシを裏返した。

まず目に飛び込んできたのは、「問題」という文字と共に枠の中に描かれた、かわいらしいお相撲さんのイラストだった。その上には黒丸が四つ並んでいる。そしてそのイラストの下には「答えはどっち？　強い or 弱い」とあった。

問題はこれだけで、あとは応募方法など事務的な諸注意が書かれている。どうやら答えと、その理由を書いて応募するようだ。よく見ると問題の枠内に小さく、「辞書で調べてもＯＫです」と書かれていた。

「お待たせ」といって、育代がお盆にお茶とお月見のように積んだ小降りの饅頭を載せて戻ってきた。

「いただきます。……育代さん、きっとこの企画、商店街だけじゃなくて、もっと広く宣伝していると思いますよ。たくさんチラシを作っているようですし。四組八名でも五組十名でも、どちらにしても狭き門です。そもそも辞書を使うような問題なら解くのは難しそうですし、今回はあきらめたらどうですか？」

「そんなこと言わないで。名探偵募集だなんて、須美ちゃんにぴったりじゃない！」

「……ですから、わたしは名探偵なんかじゃありませんってば」

名探偵——それは、須美子にとって忌避すべきワードなのだ。須美子がそんなふうに呼ばれているなどと、大奥様の雪江の耳に入ったらたいへんなことになる。なぜなら、須美子の働く浅見家には光彦《みつひこ》という本物の名探偵がいるからだ。

光彦は、警察庁刑事局長の要職にある浅見家の家長・陽一郎《よういちろう》の弟で、三十三歳になっても兄の代になった実家から独立できず、フリーのルポライターが天職とばかりに、全国を飛び回っている。そして、好奇心旺盛な光彦には事件や謎があると、何にでも首をつっこんでしまう悪い癖がある。実際にいくつもの事件を解決しており、陽一郎も弟の才能を認めているのだが、大奥様の雪江だけはその光彦の行為がいつか賢兄の職務をおびやかすのではないかと心配してやまないのだ。だから、「名探偵」などという言葉は、浅見家では禁句中の禁句なのである。

それを知らない育代は、これまでいくつかの小さな謎を解き明かしたことがあるだけの須美子を「名探偵」だと思い込んでしまっている。だから、須美子の否定する言葉など、てんで聞く耳を持たず、今日もまた新たな謎を提示した。

「とにかく面白そうだと思わない？　ね？　須美ちゃん、挑戦してみましょうよ？」

名探偵募集という惹句には少し引っかかるが、須美子自身、謎を解くということに関して興味がないわけではない。実際、育代との会話を続けながらも頭の中で、すでに問題の解き方を模索し始めていた。

「いいですけど……でも、もし答えが分かって抽選に当たったとしても、わたしは行けませんよ？　まあ、捕らぬ狸の皮算用ですけど——」

住み込みで働く須美子にも、もちろん休日はある。ちょうど、軽井沢ツアーの実施日は土曜と日曜で、須美子の休みと重なってもいる。だが、帰省以外、須美子は泊まりで浅見家を離れたことはほとんどない。仕事でなくても、自分の分のついでに——と、昼ご飯の準備など手伝ってしまう。無理にしているわけではなく、逆にそのほうが落ち着くのだ。

「そのときは、その……」

一瞬言いよどんで、もじもじしながら饅頭を一つ二つと口に運ぶ育代の内心に、須美子はピンときた。

「日下部《くさかべ》さんにはもう相談したんですか？」

須美子は育代と付き合っている紳士の名前を持ち出し、かまをかけてみた。

帝都大学で教授を務めていた日下部亘《わたる》は、退官した現在でも非常勤講師として週に何コマかは講義を担当している。そして須美子と同じく、この花春の常連客でもある。

天然の育代と頭の切れる日下部は、異なる部分を互いに尊敬しあっているお似合いの二人だ。ここのところ育代が顔だけでなく、体型も丸みを帯びてきた原因は、単に間食のせいばかりでなく、幸せ太りなのかもしれないと須美子は思っていた。

「え、ううん、チラシが届いたのがついさっきだもの。まだよ……」

「きっと日下部さんなら、簡単に解けちゃうんじゃないでしょうか。謎解きや不思議なことが大好きですよね？」

須美子は、浅見家の光彦坊っちゃまをチラリと思い出しながら言った。

「ええ。でもね、日下部さんには内緒で応募して……当選したら声をかけてみようかなって——あ、もちろん須美ちゃんが一緒に行ってくれるのが一番嬉しいのだけど……」

（やっぱり——）と須美子は合点がいった。育代は須美子が土日でも何くれとなく忙しくしているのを知っているはずだ。それなのに須美子に水を向けたのは、須美子が断ったら、あわよくば日下部と旅行に参加する心づもりなのだろう。

それは二人のキューピッドを自認する須美子にとっても喜ばしいことではあった。いつも世話になっている育代がそういうつもりなら、自分も育代のために一肌脱いで、頑張ってこの謎を解き明かさなければならない。

「分かりました。育代さん、一緒にこの謎に挑戦してみましょう」

「ありがとう須美ちゃん！」

育代はそう言うと、嬉しそうに須美子の手をとった。

「まずはとにかくこのお相撲さんですよね」

お茶を一口飲み、須美子は姿勢を正す。

「そうね。それにしてもかわいらしくて上手な絵ね」

「本当ですね。でも線のタッチが手描きみたいです。ひょっとして、その光羽さんって方が描いたのかもしれませんよ。何かヒントになるようなことは言ってませんでしたか？」

「いいえ、何も」

「そうですか……」

「うーん、強いか弱いかを当てればいいのよね。……見た目はどっしりとしていて強そうなお相撲さんだけど、この黒丸って負けたときに付く黒星っていうことよね」

力士の頭の上に黒丸が四つ並んでいる。

「ええ、多分。左上が二つ分くらい空白になっていますから、そこを白星と数えるなら、二勝して四連敗中、ということでしょうか」

「四連敗なら弱いのかしら」

「でもたしか、十五日間やるんじゃなかったですか。このあと残りの取り組みをすべて勝てば十一勝で勝ち越しじゃないでしょうか」

「ああ、そうね。たしか八勝すれば勝ち越しなのよね」

育代は、相撲はあまり見ないと言いつつも、「そうそう、千代の富士はいっつも勝ち越してたのよ。鋭い眼光に引き締まった体が、かっこよかったのよお」と、須美子の知らない関取の名前を出して力説した。

「うーん、ただこの時点では、十五個中の何個が黒星になるのか分かりませんよね。あ、それとも見えないだけで、この黒丸四つ以外、十一個の見えない白丸が……って、そんなハッキリしないような問題ではないですよねえ」

須美子は自分で思いつきながら、すぐさま否定した。

「そうよね……あっ、もしかして、あぶり出しかしら！」

育代はマッチを取ってきて、下からあぶってみるが、何も変化はないようだ。

「もしかして、ブラックライト用のインクで何か書いてあるとか？」

「ブラックライト用のインクって？」

「遊園地で再入場ができるように、手の甲に押されるスタンプに使われているあれです」

「ああ、そんなのあったわね」

「ええ、でも一般家庭にブラックライトなんてないですよね。他には磁気記憶は砂鉄を振りかけて落とすと文字が浮き出るって聞いたことがありますけど……」

「あ！　水につけると文字が浮き上がるとか？　きっとそうよ！」

そう言うが早いか、育代は張り切って花の売り切れたバケツにチラシを浸した。

だが、意気揚々と臨んだ育代の予想に反し、紙には何も浮きあがらなかった。結果、育代はびしょびしょになってしまったチラシを、タオルで拭く羽目になった。

「育代さん、その一枚は諦めて処分してもいいんじゃないですか？　チラシはたくさんありますよ」

須美子がそう言うと、「無駄にしたら、光羽ちゃんに悪いもの」と、今度はドライヤーで乾かし始めた。

(育代さんらしいわね)

真剣な顔でチラシに風を送る育代を、須美子は微笑ましく思った。

その後、育代はなんとかその一枚を復元し、よれよれになったチラシを太陽に透かしたり、裏返したり、折ったり……と矯《た》めつ眇《すが》めつしていたが、突然「ああっ！」と、店の外まで聞こえそうな奇声を発した。

「び、びっくりした……育代さん、何か分かったんですか」

「須美ちゃんみて、この文字」

育代はチラシに書かれた「答えはどっち」の「ど」を指さしている。「この濁点、よく見ると黒丸になっているわ！」

「あっ、本当ですね」

「これってつまり、黒星は四つじゃなくて六つ、二勝六敗ってことよ。やっぱり弱いのよこのお相撲さん！」

鼻息荒く、育代は自分の大発見に得意満面だ。

「二勝六敗ですか……でも十五日間ある取り組みには七つ足りませんよ。残りを七連勝する可能性だって……あ、この『or』の『o』が白丸かもしれませんね。それに『辞書で調べてもOKです』の『O』も」

「あ、そうよ、きっとそうだわ！　さすが須美ちゃんも鋭いわね。――じゃあ、『は』や『す』はどうかしら？　くるっとしたところ白丸に見えない？」

「なるほど、これで白星が四つ増えて、六勝六敗」

「まだ、足りないわね……あ、じゃあ、問題の『問』や『答』の『口』の部分はどう？」

「それなら辞書の『辞』も。あ、『調べて』の『調』には二つも口がありますね」

「これで白星がさらに五つ増えて……十一勝六敗。やった、勝ち越しよ！」

興奮する育代と違い、須美子はふと冷静に考えた。

「ちょっと待ってください育代さん。全部で十五を超えてしまいましたよ」

「あらやだ、本当ね」

「……うーん、考え方が違うんでしょうか。そもそも、口は白丸ではなく四角形ですし、それを数えるなら漢字の隙間もすべて数えないといけなくなってしまいそうです」

「隙間？」

「はい。例えば、強いの『虫』の部分に二つあります。他にも、辞書の『書』に四つ、『問』にも『口』以外に『門』の部分にもやっぱり四つありますし、問題の『題』には、一、二、三、四……全部で五つも四角形の部分がありますよ」

「全部でいくつになったのかしら？」

「えーと、三十二ですね」

「……あらやだ、十五日どころか一か月を超えちゃったじゃない！」

「すみません。自分で言い出しておいて申し訳ないんですけど、そもそもお相撲さんの上にあるのは黒丸だけですから、勝手にその横の空白を白丸と決めつけては、やっぱりいけなかった気がします。もし、そこが白星なら『or』の『o』のように、白丸って分かるように書いてないとおかしいですものね」

「……ああ、そういえばそうね」

育代も仕方なさそうに須美子の反論を受け入れた。

「それに『問題』というからには、もっと明確な答えが存在するような気がします。それに『辞書で調べてもＯＫ』とヒントを出すからには、それなりの根拠があると思います」

「ダメかあ……。あーあ、軽井沢への道のりは遠いわね」

そう言って育代はしわしわのチラシをなおも伸ばしながら、ため息をついた。

2

二人は陽が傾くまで、お茶を何杯も飲みながらうんうん唸って過ごしたが、結局、これといった進展もみられず、その日の会談はタイムリミットを迎えた。

もやもやした気持ちを抱えたまま浅見家に戻った須美子だったが、キッチンに立てば体は自然に動く。手を洗い、エプロンをかけ、夕食用の食材の下ごしらえに取りかかる。

しかし、花春からの帰り際、「須美ちゃん、お願いね！」と育代に渡されたシワのない一枚の薄いチラシが、いまもエプロンのポケットでずっしりとその責任の重さを主張していた。

(だめだめ、今はお夕食の支度に集中しなくちゃ！)

須美子は気持ちを切り替え、まな板に向かった。

今夜のメニューは山菜の炊き込みご飯に、特売品だった初鰹のカルパッチョ、菜の花と桜生麩のすまし汁、副菜にはほうれん草のおひたしとひじきの煮物、それに箸休めは先日仕込んでおいた春野菜のピクルスだ。山菜の下ごしらえさえしておけば、あとは時間のかかるメニューではない。

夕食の準備を始めるとすぐに、若奥様の和子《かずこ》がキッチンにやって来て、須美子と一緒に腕を振るった。今日もすこぶる順調に作業は進み、食卓の準備は刻限の前に整った。

浅見家では夕食は六時三十分からと決まっている。大奥様がキッチンを取り仕切っていた時代からの決まりごとなので、多忙な陽一郎を除いた全員が、時間になると席に揃う。大奥様の雪江、陽一郎と和子の長女で高校一年の智美《さとみ》、その弟で中学二年の雅人《まさと》、そして雪江の次男坊で三十三歳の光彦である。

しかし光彦だけは例外があるから注意しなければならない。

時間になっても光彦がダイニングに顔を出さないことが稀にある。部屋で何かしらの原稿の締め切りに追われているか、執筆スタイルのまま沈思黙考という名の居眠りをしているか、またはお手伝いの須美子が知らぬ間に出掛けてしまっているか——である。

今日のようなメニューなら良いのだが、揚げ物の日などは事前に光彦の部屋をノックする。そして、外出していることが分かると、四人分だけを揚げて、一旦火を止めることになるのである。

「坊っちゃま、出掛けるときは一声かけてくださいお夕食の都合があるんですから」と何度言っても直らない。あれはもう病気だと、須美子は半ば諦めていた。

　今日はその光彦もきちんと時間に食卓につき、両手をすり合わせて、キッチンから漂う香りに鼻をひくつかせている。

「須美ちゃんと義姉さんの料理はいつも絶品揃いだからね。楽しみだな」

　光彦は見え透いたお世辞を言って、今日も母親の雪江の顰蹙《ひんしゅく》を買った。

　まもなくテーブルにすべての料理が並ぶと、一番に「いただきまーす」と手を合わせた雅人が、箸を床に取り落とした。

「あ、ごめんなさい」

　雅人が言うより早く、須美子がスッと箸を拾い上げた。

「すぐに洗ってお持ちしますね」

　そう言って須美子はキッチンへ向かい、しばらくしてダイニングに戻った。

「須美ちゃん、さっきポケットからこれ、落としたよ」

　雅人が落とした箸を拾おうと屈んだ際、育代から預かってきたチラシがエプロンから飛び出してしまったらしい。光彦がわざわざ席を立って、拾ってくれていた。

「あ、坊っちゃま、ありがとうございます」

「須美ちゃん、もうそろそろ『坊っちゃま』は勘弁してよ」

　この呼び方は、先代のお手伝いだったキヨから引き継いだもので、須美子はなんと言われようとあらためる気はない。「でも坊っちゃまは坊っちゃまですから」と返事を返して、須美子はチラシを受け取ろうとしたのだが、その際、紙が開き光彦は差し出しかけた手をはたと止めた。

「ん？　これってクイズかい？」

「えっ、クイズ！　叔父さん、須美ちゃん、僕にも見せて！」

雅人が目を輝かせて覗き込みにくる。

「お相撲さん？『強い or 弱い』……どういうこと？」

雅人が首を傾げる横で光彦は、「ふーん、なるほどね。これは雅人にはまだちょっと難しいかもしれないよ」と意味ありげにニヤニヤしている。

「……!?　ちょ、ちょっと待ってください坊っちゃま！　もしかして、もう答えが分かってしまったんですか」

「ああ、多分だけど、このバス会社らしい問題だよ。これはね――」

「あっ！　坊っちゃまダメです」「叔父さん言わないで！」

須美子と雅人が同時に光彦の言葉を遮った。

「叔父さん、自分がすぐに分かったからって、答えを言っちゃうのは反則だよ。僕だって考えたいんだから」

「そうですよ、坊っちゃま。わたしもまだ考えている途中なんですから」

二人からの総攻撃を受け、光彦は肩をすくめる。

「ははは、分かった、分かった。じゃあ、ここにも書いてあるけど、答えに気づいてもその答えが不安だったら、辞書で調べてみるといいよ」

そう言って光彦は須美子にチラシを渡すと自分の席に戻り、幸せそうにカルパッチョに箸を伸ばした。

須美子が受け取ったチラシをたたんでポケットにしまおうとすると、「あ、須美ちゃん。もう一回見せて！」と雅人がストップをかけた。

そこまで様子を見ていた和子が、「雅人、お食事中にお行儀が悪いですよ。あとにしなさい」と注意し、その賢母ぶりに雪江は満足そうにうなずく。

「……はーい」と言って雅人も席に戻るが、頭の中では問題を考えているのだろう。食事を続けながらも、時折、視線を宙に彷徨《さまよ》わせていた。

浅見一家の夕食の片付けが終わって風呂の準備をし、自分の夕食も済ませて自室へ戻ると、須美子は文机の上にチラシを広げ、その前に正座した。指で折り目のシワを伸ばしながら考える。

「坊っちゃまが問題を見て一瞬で分かってしまったということは、発想力が必要なのかしら……うーん、強いか弱いか……」

須美子はブツブツと独り言をこぼしながら、あれこれと頭を巡らせるが、花春のときと同様、なかなか良い考えは浮かばない。

「うーん」

両手を伸ばし、正座の姿勢のまま須美子は後ろに体を倒した。そのまましばらく天井を見つめていると、太ももにピリリと心地よい痛みが走った。

「あ、そうだ『ど』の字……」

不意に育代が言っていたことを思い出して、体を起こす。なんだか血の巡りが良くなった気がした。あらためてチラシに目を向け、「答えはどっち」と書かれた箇所を注視する。

「育代さんが気づいた、この『ど』の濁点の二つの黒丸。こういう書体かなと思ったけど、やっぱりお相撲さんの上の黒丸と関係がある気がするわね。黒丸、黒星……」

須美子は両頰に手をやって、机の上に肘を載せる。

「そうだ！　こういうときは発想の転換よね」

これは以前、光彦から言われた言葉で、実際にそれを実践して解けた謎があることを思い出した。

「えーと、たとえば濁点が、か、か、黒星じゃ、な、なくて、く、黒星が、だ、濁点だ、だったら？」

その瞬間、須美子の頭にある言葉が浮かんだ。

「……でも、こんな言葉なんて……あっ！」

光彦はたしか、答えが分かってもなお不安なら、辞書で調べてみるといいと言っていた。

須美子は学生時代から愛用している国語辞典のページを繰ると、「へえ！」と思わず感嘆の声をあげ、満面に笑みを浮かべた。

3

「須美ちゃん、やったわ、ありがとう！」

あれから三週間余りが過ぎ、ゴールデンウィークが迫ったある日、育代が何十年ぶりかに再会したような勢いで飛びついてきた。花春のドアをくぐったばかりだった須美子は、何が何やら分からず、目を白黒させてしまった。

「ど、どうしたんですか育代さん。何があったんですか？」

須美子は育代のこんな興奮した姿を見たのは初めてだった。がっぷり四つのように抱きしめてくる育代は、「憧れの軽井沢旅行よ！」と勝利者インタビューのように上気した顔で答えた。

「え！　もしかして当たったんですか？　たしか、たったの四組八名様でしたよね？」

あの日、須美子は辞書を調べて初めて知ったその言葉を、翌日には育代に報告した。育代はすぐにいそいそとペンを走らせていたが、須美子は問題が解けたことに満足し、懸賞のことなど、もうすっかり忘れていたのだ。

「ええ、きっと問題が難しすぎたのよ。もしかしたら、誰も分からなかったんじゃない。ポリーシューズの村中さんも、とうとう締め切りまでに解けなかったって、すごく悔しがっていたから」

「そうですかねえ……」

自分にも分かったのだから、誰も解けなかったことはないだろうと須美子は思った。むしろ応募した育代の運が良かったのだろう。

「ねえ、須美ちゃん。やっぱり一緒に行きましょうよ、軽井沢」

下から覗き込むように育代は訊ねる。

「……ですからわたしは無理ですよ。日下部さんを誘ってください」

「でも、須美ちゃんが問題を解いたんだから。ね？」

「応募したのは育代さんですし、それに『ど』の濁点が黒丸だって、育代さんが気づいてくれたお陰で、偶然答えが分かっただけですから」

「どうしてもダメ？」

残念そうに育代は肩を落とした。

そこへ「お揃いですね」と噂の主が店のドアを開けた。

「あ、日下部さん、こんにちは。ちょうどよかった、実は育代さんが軽井沢ペア旅行に当選したんですけど――」

「おお、それはおめでとうございます」

「ちょ、ちょっと須美ちゃん」

普段は鈍感な育代も、須美子が次に何を言おうとしているかには気づいたようだ。

「育代さんは日下部さんをお誘いしたいそうです」

「えっ、本当ですか。それは光栄だなあ」

「しかもですね、このツアー、名探偵募集という企画なんですよ。ね、育代さん？」

「そ、そうなんです。日下部さんにぴったりだなと思って……」

育代は観念して、送られて来たばかりの当選通知と最前のよれよれになったチラシを広げて見せた。

「ほほう、『あなたの頭脳がミステリーツアーに！』ですか。これは面白そうですね」

日下部は興味津々で書面に見入っている。しかし、催行日の欄を見て「おっと……」と顔を曇らせた。

「どうしたんですか？」

須美子が訊ねる。

「……非常に残念なのですが、この日は外せない仕事が入っておりまして、東京を離れられないのです」

「えっ……」

「お仕事、なんとかならないんですか？　誰かに代わっていただくとか」

落胆の表情を見せる育代の代わりに須美子が食い下がる。

「実はもう一年以上も前からの約束で、別の大学での特別市民講座の講師を頼まれているのですよ。さすがにおいそれと代わってもらうわけには……」

日下部は心底申し訳なさそうに眉を下げた。

「須美子さん、わたしの代わりに育代さんと一緒に行っていただけませんか」

「え？」

「そして育代さん。もし、協力できることがあれば、軽井沢から電話をください。夜なら間違いなく自宅に戻っていますし、昼間もなるべく携帯電話をつながるようにしておきますので。わたしもリモートで二人の名探偵のワトソンを務めますから」

「え、わたしも名探偵……？」

「ええ、名探偵・育代さんです」

日下部におだてられ、暗かった育代の顔がにわかに笑顔に戻った。

「さあ、須美ちゃん、日下部さんのご指名よ。一緒に行きましょう！」

「ですから、わたしは無理だって何度も言ってるじゃないですか。休みの日だって、いろいろ仕事があるんですから」

「それこそ、誰かに代わっていただけばよいのではないですかな」

「………」

さっき自分が発した言葉を返され、須美子は押し黙った。

「そうよ、そもそもお休みの日でしょう。あ、そうだ。元々須美ちゃんが問題を解いたんだから、権利は須美ちゃんにあるのよ。浅見家のどなたかとご一緒に行ってもらったっていいんだわ」

育代は当選通知を須美子に押しつけるように差し出す。

「そんな、ダメですよ。権利は応募した人にあるんです。わたしは答えが分かっただけですもの」

そう言って須美子が育代の手を押し返す。

「わたしだって応募しただけよ。だから権利の半分は須美ちゃんにあるの」

「そんなこと言われても、そもそも、実家に帰るわけでもなく二日も家を空けるなんて、できません」

須美子と育代の押し問答が三回繰り返され、「じゃあ、こうしてはどうですかな」と行司の日下部が仲裁に入った。

「まずは須美子さんから、きちんと浅見家の方々に確認してもらいましょう。それでダメだとなれば、そのときにまた考えませんか」

「はい」

育代は素直にうなずき、手を止める。

須美子も「分かりました」と、しぶしぶ首を縦に振ってから続けた。

「……じゃあ、折を見て大奥様にご相談してみます。……多分、無理だと思いますけど」

「行っておいでよ須美ちゃん」

先ほど朝食の片付けを終えてから、リビングで大奥様の雪江に軽井沢旅行についてお伺いをたてていたところ、遅く起きてきて、まだトーストをパクついていた光彦が横から口を挟んだ。

「須美ちゃんはね、真面目すぎるんだよ。世間を見てごらん。いまや働き方改革もすっかり定着して、テレワークだのワーケーションだのの時代だよ。まあ、僕は時代を先取りしてずいぶん前から在宅勤務を定着させているけど、とにかく須美ちゃんは、もっと休みを自分のために使わないと」

昭和の頃の意識をたっぷり残した雪江への当てこすりのようにのたまった。

光彦の本職はフリーのルポライターだ。「旅と歴史」が主な取引先で、旅行取材をしてはその土地土地の歴史や風景などを写真に収め、また文章にまとめる、そんな仕事をメインにしている。たまに政治家のインタビュー記事や週刊誌に記事を書いてもいるようだが、どちらに転んでも、原稿は自宅で執筆することになる。明治維新以来、政府の中枢に関わる人物を輩出してきた高級官僚の家柄にあって、光彦の浮草稼業が雪江の悩みの種であることは言うまでもない。

「そうね、須美ちゃんは働き過ぎね。それに比べて光彦。あなたは、在宅勤務ではなく、ただ会社勤めができなかっただけでしょう。一丁前のことを言う前に、早く定職に就きなさい」

「ははは、ごもっともです」

雪江に言い込められてもどこ吹く風の光彦は、朝食を終え、頭を掻きながらリビングのドアに手をかけた。だが、部屋を出る直前に「いいね、須美ちゃん、ツアーには参加するんだよ」と念押しした。

光彦の姿が見えなくなると、雪江は「ゴホン」と咳払いしてから、硬い表情の須美子に言った。

「光彦の言うとおりよ、須美ちゃん。元々、土日は休みだと言ってあるでしょう？　ちゃんとお休みの日は自分のために時間を使ってちょうだい。旅行や買い物にも、好きに出掛けていいんですからね。それにあなたもそろそろお付き合いする殿方の一人や二人いてもおかしくないお年頃ですからね。いずれ結婚だって――」

「そんな……大奥様。わたしはお嫁になんて行きません。ずっとこのお宅に置いてください！」

須美子は目に涙を浮かべて抗議した。

「え、ええ、それはもちろん、わたくしも須美ちゃんがずっといてくれたら嬉しいわよ……」と雪江は気圧《けお》されたように困った顔をする。この話になると、いつも須美子の反応は判で押したように決まっている。そして雪江もそれは分かっているようだが、吉田家から預かっている娘の将来を考えずにはいられないのだろう。

「須美ちゃん、とにかく今回の軽井沢旅行は良いきっかけだわ。小松原さんがご一緒ならわたくしも安心だし、行ってらっしゃいな。そうじゃないと、浅見家はお手伝いさんに休みも与えてないなんて噂されてしまうかもしれないでしょう」

もしそんな噂が流れたらすぐに自分が否定する——と、一瞬、言いかけた須美子だったが、雪江が自分のことを考えて、そういう露悪的な言い方をしてくれたのだと気づいた。

「分かりました。大奥様、ありがとうございます。それでは二日間ご迷惑をおかけしますが……」

「もう、だから迷惑なんかじゃないのよ。あなたの当然の権利なのに、わたくしたちも須美ちゃんの厚意に甘えすぎていたんだから。楽しんでいらっしゃいね」

雪江の気持ちはありがたかったが、洗濯機の前に立った須美子はそれでもまだ気乗りがしなかった。

「軽井沢か――」

――そう、行き先が軽井沢というのも、須美子にとっては旅行を心から歓迎できない要因の一つなのだ。なぜなら軽井沢には、須美子が蛇蝎《だかつ》のごとく嫌っている、作家の内田康夫がいるからだ。

「光彦坊っちゃまはいつか立派な小説家におなりになる」と信じている須美子にとって、光彦が三十三歳でしがないフリーのルポライターという現状に甘んじているのも、ともすれば探偵のまねごとをしているのも、すべては内田のせいだと信じている。内田は「旅と歴史」という雑誌の藤田《ふじた》編集長を紹介して、光彦にルポライターという職を世話してくれたいわば恩人ではある。だが、その結果、光彦は定職に就くことを放棄し、旅先で妙な事件に遭遇しては探偵の真似事のようなことを繰り返している。

そして何よりも問題なのは、光彦が解決した事件をもとに、内田が小説に仕立て上げて出版してしまうことだ。作中には光彦だけでなく、雪江や須美子まで実名で登場させられ、あることないこと書かれている。

だから須美子は、売れっ子作家であろうがなんであろうが、内田のことを「先生」などと偉そうな敬称をつけて呼ばないことにひとり決めしている。

「まあ、軽井沢と言っても広いんだし、一泊二日の軽井沢旅行であのセンセに会うことなんてないわよね」

須美子は自分を納得させるようにそう言って、洗濯物を干すために、春風の爽やかな庭へと降り立った。

4

軽井沢ツアーの集合場所は浅見家からも花春のある商店街からもほど近い、北の街観光株式会社の駐車場であった。

朝から気温はぐんぐん上がり、少し歩いただけなのに、上着を着ていては汗ばむほどだ。

「良いお天気になってよかったわね」

育代も須美子も、いつもより少しおしゃれをしている。育代は白と紺のボーダーのインナーにジーンズ、サーモンピンクのパーカーとスニーカーで颯爽とした印象だ。須美子も白のボートネックTシャツにベージュのカプリパンツ、上着は和子に見立ててもらったパステルグリーンのロングカーディガンだ。

いつにも増して、満面の笑みの育代と連れだって、集合時間の十五分前に駐車場へ着くと、小型の観光バスが、正面を入り口に向けて一台だけぽつんと駐められていた。フロントガラスの上部には、「北の街観光・軽井沢ツアー」と行き先が明示されている。

周囲にはお揃いのジャンパーを着たバス会社の社員らしき人たちの姿があり、それぞれ忙しそうに立ち働いていた。

気がつくと三々五々、参加者らしき人物たちが後ろからやって来て、皆、須美子と育代と同じくバスの周囲に集まってきた。年代も性別もまちまちで、中には小学生くらいの子どもの姿もある。

バスにはすでに制服姿の運転手が乗っていた。その運転手が後部座席に向かって何か二言三言投げかけて急かすような仕草をすると、手旗を持った添乗員風の女性が「はい、分かってます、すぐ行きます」と少しうるさそうに顔をしかめながらバスから降りてきた。

二十歳を過ぎたばかりだろうか。若々しいというより初々しい笑顔で「おはようございます」と一同を見渡した。

身長は一五〇センチくらい。小柄で痩せ型の彼女は、二十七歳の須美子から見てもかわいらしい印象だ。肩まで伸ばした髪を三日月をかたどった翡翠《ひすい》色のヘアピンで留め、飾り気のない白いブラウスに紺のスーツ、足元はかかとの低いパンプスという、まるで就職活動中の学生のような出で立ちだ。

(きっと、この人が育代さんが言っていた光羽さんね)

以前、育代が見た目は小さいけれどパワフルで、こっちまで元気をもらえる――と話していたのを須美子は思い出した。

「では、ご参加の皆様、こちらで受付をさせていただきますのでお集まりください」

「光羽ちゃんおはよう」と声をかけながら、育代はいそいそと一番前に並んだ。続いて須美子、その後ろにサングラスの男性が並び、子ども連れの母親と、初老の夫婦らしき男女が続いた。

「受付をしていただいた方から、バスにご乗車ください。あ、大きなお荷物はトランクでお預かりします」

育代は受付を終え、降りてきた運転手にトランクに入れる荷物を預けると、光羽に「どうぞ」と言われるより早く、バスのステップを上がっていく。光羽は慌ててバスをのぞき込み、「座席は特に決まっていませんので、お好きな場所におかけくださいね」と呼びかけた。

「おおたさん、落ちたぞ」

須美子のすぐ後ろにいたサングラスの男性が、光羽の背中に向かって呼びかけた。須美子が目をやると、彼女の足元にペンが落ちている。

(あれっ?)と思いながらも須美子はペンを拾い、光羽に手渡した。

そのときになってようやく須美子は彼女と正対し、初めて彼女の胸ポケットの「OTA」と書かれた名札を見た。

チラシにあった「多田光羽」は、「ただみつは」と読むのだと思っていたが、「おおたみつは」だったのかと、自分の思い込みに苦笑した。

須美子が受付を済ませてタラップを上がると、育代は運転手側の二列目の通路側席に陣取っていた。

「須美ちゃん、窓側にどうぞ」

「いいえ、育代さんが窓側に座ってください」

育代は「そう？　じゃあお言葉に甘えて。帰りは交代しましょうね」と嬉しそうに窓側に移ったが、手荷物を座席に置いて、その場で立ち上がった。どうしたのかと隣に座った須美子が見上げると、育代は次に乗ってきたサングラスの男性に向かって、「おはようございます。よろしくお願いします」とお辞儀をした。

どうやら育代は全員に挨拶をする気らしい。育代らしいといえばらしいのだが、清々《すがすが》しいほどに社交的だ。

仕方なく須美子もそれに倣《なら》って、でも須美子のほうは座ったまま、新しい乗客が乗り込んで来るたびに「おはようございます、よろしくお願いします」を繰り返した。

須美子たちの斜め前には子ども連れの母親が、斜め後ろには老夫婦が座った。例のサングラスの男性は、一番後ろの五人掛けの席の、左端に座っている。彼は二人連れではなく一人参加のようだ。集合時間の八時三十分ぎりぎりに息を切らせて飛び込んで来たのは、須美子と同年代くらいの若い男性二人組で、四列目の運転手側に座った。

乗客は全部で五組九名になった。

「あら、『四組八名様』じゃないのね」

「本当ですね。でも、座席は二十以上もあるのに、この大きさのバスに九人ぽっちで乗せてもらうのは、なんだか申し訳ないような気がしますね……」

須美子が左右に二席ずつ四列と、最後列が五席ある車内を見渡して言った。須美子たちの前も後ろもぽっかりと空いている。

「なんだか贅沢よね。わたしだったら残りの席は有料で参加者を募集しちゃうんだけど」

育代は商売人らしい一面を見せ、舌を出して笑った。

「あら見て須美ちゃん。この座席のシート。素敵な柄じゃない？」

参加者への挨拶を終えてようやく腰かけた育代は、青系の混じり合った柄の上にピンクや黄色の線がランダムに交差している目の前のシートの背中を指さす。

「本当ですね」

「ほらこれがスミレ。このピンクが桜で緑色のこれがエリンジューム」

(さすがお花屋さんは何を見てもお花に譬《たと》えるのね)

須美子が感心していると、育代は日下部から借りてきたというデジカメを取り出し須美子に手渡して言った。

「たくさん撮って、あとで旅の思い出話を聞かせてほしいって言われたの」

試みに須美子が何に向けてというわけでもなくファインダーを覗いてみると、横から育代が手を伸ばし「ここを押すとアップになるそうよ」と丸いボタンを押した。

「カシャッ」という音がした。

「あらやだ、間違えちゃった。えっと確か、この下の右側がアップで——」

「お姉ちゃんとおばちゃん、飴どうぞ！」

突然、須美子の斜め前の窓際にいた小学生くらいの男の子が隣に立ってきて、目の前で飴を差し出した。快活そうな少年は好奇心いっぱいの顔を輝かせている。

「わたしたちにくれるの？　ありがとう」

須美子はその小さな手から二つの飴を受け取り、一つを育代に渡す。

「じゃあお礼にこれ、どうぞ」

育代はバッグから小さなチョコレート菓子の包みを二つ取り出し、手を伸ばして渡した。

「お母さんと食べてね」と微笑むと、斜め前の席から身を乗り出した母親が「どうもすみません、ありがとうございます」と頭を下げた。

「たしか『四組八名様をご招待』って書いてありましたけど、人数が増えたみたいですね」

須美子がその母親に無難な話題で水を向け、「そうですね」と母親も応じたタイミングで、バスのエンジンがかかった。

バスのドアはまだ開いている。須美子が首を伸ばすと、光羽が車外でスタッフジャンパーの男性と何やら打ち合わせをしている姿が見えた。

「ぼく友也《ともや》っていうんだ」

その声に須美子は再び視線を友也と名乗った少年に向けた。友也は育代に向かって話しかけている。

「そう、良いお名前ね。わたしのことは育代おばさんって呼んでね」

「育代おばさんはどこに住んでるの？」

「霜降銀座商店街の『花春』っていうお花屋さんよ」

「へえ、じゃあお姉ちゃんはどこ？」

くりっとした大きな目で友也は須美子の顔を覗き込む。

「……わたしは、西ケ原《にしがはら》にあるお宅でお手伝いの仕事をしているの」

「へえ、どんなお手伝いするの？　ぼくは毎朝新聞を取りにいって玄関を掃くんだ」

「偉いのね。わたしはご飯を作ったり、お洗濯とかお掃除とかかな」

「お姉ちゃんはどんなご飯が作れる？　ぼくのお母さんはね——」

「友也！　いい加減、席に戻りなさい。もうすぐ出発よ。……すみません、この子ったらおしゃべりで。うちでも手を焼いてるんです」

友也の母が申し訳なさそうに何度も頭を下げる。

「いえ、大丈夫ですよ」と須美子が言うと、「わたしも子どもたちとお話しするの大好きなの」と、育代が体を斜めにして友也の母に笑顔を向ける。

友也が渋々といった表情で母親の隣の窓際の席へ戻って行くと、光羽がバスに乗り込んできた。

すぐにドアが閉まり、バスのエンジン音が変わる。

「皆様お待たせいたしました、それでは軽井沢に向けて出発します」

光羽の明るい声を合図に、九人の乗客を乗せたバスはゆるゆると動き出した。低いギアの唸《うな》るような振動が座席から伝わってくる。

「車酔い、大丈夫かしら。酔い止めは飲んできたんだけど……」

幾分、顔色が悪くも見える育代は掌に何か書いて、それを口に持って行く仕種をみせた。もう一度、その動作を繰り返す育代は、掌に「車」と書いて飲み込んでいるようだった。

須美子は「人」以外の文字でこのまじないをする光景を初めて見た。

（「人」を三回書いてから飲み込むっていうのはよく聞くけど、「車」でも効果があるのかしら？）

しかも育代のルールでは二回飲み込むようだ。効果があるのか疑問に思ったが、まあプラシーボの効きそうな純粋な性格の持ち主だし、本人の気の持ちようなのだろうと須美子は黙って見守ることにした。

出発して三つの信号をタイミングよく通過したが、その次で赤信号に引っかかった。シフトダウンし速度を落とすバスは、震えるように止まる。チラッと隣の育代を見たが、まじないが効いたのか、血色のいい顔色に戻っていた。

バスが停車したタイミングで運転席の横の小さな椅子に座っていた光羽が、マイクを持って立ち上がった。

「皆様、あらためましておはようございます。わたくし本日から一泊二日の軽井沢ツアーで皆様のご案内役を務めます、多田光羽と申します。多いに田んぼの田と書いて『おおた』です。どうぞよろしくお願いいたします」

光羽が添乗員兼バスガイドを務めるようだ。若さに似合わず、その姿はベテランのバスガイドのように堂に入っている。落ち着いたトーンで光羽が挨拶をすると、乗客からは拍手が送られた。

「あのチラシに名前が書いてあった方ね」と三列目の通路側に座っている老婦人が気さくに声をかけた。光羽は、「はい、そうです。よく『ただ』さんと間違えられるんですが『おおた』と申します」と付け加えた。

「ええ、わたくしもてっきり『ただ』さんと仰るんだと思ってました。ねえ、あなた」

「ああ、わたしもそう思っていたよ」

仲睦まじく話す老夫婦に笑顔を向けてから、光羽は続けた。

「そして、ハンドルを握りますのは、この道三十年。当社きってのベテラン運転手、松重《まつしげ》です」

また車内に拍手が起こると、松重はバックミラーの中で小さくうなずいたように見えた。

「本日は松重の安全運転で皆様を快適な軽井沢の旅へとご案内いたします。軽井沢までは二時間半ほどですが、道路状況を見つつ、途中のサービスエリアで休憩を挟ませていただきます」

光羽はそこで一旦言葉を切って、「さて」と一呼吸おくと、そこからはまるでバラエティー番組の司会者のような明るく元気な声色に豹変した。

「本日お集まりくださいましたのは、名探偵の中でも、さらに抽選を勝ち抜いた強運のスーパー名探偵の皆様でーす！」

光羽の軽やかな調子に乗せられたように、「おお！」という声と今までで一番大きな拍手が沸き起こった。

そんななか、育代は「ハイ！」と手を挙げて「正解者はどれくらいいたんですか？」と訊ねる。強運と言われて気を良くしたのだろう。他の乗客も気になるようで、静かに耳を傾けている。

「二週間という短い募集期間だったのですが、区内でお配りしたチラシのほかホームページをご覧いただいた方からの解答を合わせると、弊社の予想を大きく上回る約五百通ものご応募をいただきました。そのうち八割以上の方が『弱い』とお答えいただいたのですが、ただ理由は、黒星があるからという回答が多く、『答えはどっち』の『ど』も黒星だからと言う人と合わせると、正解者の九割以上が理由を間違えておられました」

育代は「わたしもその九割に入っているわね」と小さく須美子に囁いた。

「そして残りの一割、五十名の方の中から選ばれたのが皆様です。当初、四組八名様とご案内しておりましたが、あまりに多くのご応募をいただきましたので、急遽一組増やして五組様を当選とさせていただきました。今日は急なご都合で一名様ご欠席ですが、皆様にお楽しみいただけますよう、精一杯努めさせていただきます。……それでは、皆様すでに答えはお分かりだと思いますが、ここで一応、問題の解説をさせていただきます！」

光羽はそういうと、バス車内のディスプレイに例のチラシの映像を映し出した。

「この『答えはどっち』の『ど』の濁点が黒丸と気づいた方はあと一歩だったんですけどね。絵の上の黒丸も、実は濁点だったと気づいていただきたかったのです」

正解している乗客は一様にうなずき、「そのとおり」というしたり顔だ。

「さて、それではこの絵はなんでしょう？　お相撲さん？　相撲取り？」

友也が元気よく手を挙げて「力士！」と叫んだ。

「はいそうです。力士と解釈していただくのが正解への一歩でした。ちなみに、わたしが描いた絵なんですけど、皆様にちゃんと力士と伝わって良かったです」

「あら、お上手ねえ。プロになれるわよ！」と最前の老婦人が手放しで褒めた。

「ありがとうございます。じゃあこの仕事をクビになったら考えますね」と言って光羽は車内を沸かせた。

「そして――」と言って、光羽は手元のパソコンを操作する。

画面が切り替わり「りきし」と映し出された。

「この『き』と『し』に濁点を付けると……」と説明を加え次の画面を表示させる。

「はい。『りぎじ』になります。漢字にするとこうです」

光羽がキーをポンと叩くと、ディスプレイに『理義字』という文字が映し出された。

「理義字とは同じ漢字を二つ横に並べて構成される漢字のことですね。当社の社長は理義字の『理』と『義』で『まさよし』という名前なのですが、苗字の林《はやし》も理義字。わたしの名前の光羽の『羽』もそうです。あ、多田の『多』も同じ字を二つ使っているという点では、理義字の仲間といえるかもしれませんね」

（ああ、そうか……）

須美子はあのとき、光彦が「このバス会社らしい問題だよ」と言っていたことを思い出した。あんな一瞬で、チラシの小さな文字にも気づいていたのだ。

「それにしても、理義字なんて言葉、初めて聞いたわよ。よほどの博学か物好きな人しか知らなかったんじゃないかしら」

　小声で言う育代に、光彦坊っちゃまは後者だなと思いながら須美子はうなずいた。

「――ということは、『強い』と『弱い』のどっちと聞かれたら……」

　光羽はそこで言葉を切ってマイクを乗客に向ける。

「弱い！」「弱い！」と育代と友也の声が重なった。

「――はいそのとおり、『弱い』が正解です。ただ、今回の問題を出すにあたって社内で確認したところ、理義字という言葉を知っていた者は、社長の林、一人だけでした。ですので、『辞書で調べてもＯＫ』とヒントを書かせていただいたのですが、それでも難問だったと思いますので、ここにいらっしゃる皆様はお見事でした。まさにスーパー名探偵の皆様です、おめでとうございます！」

　再び起こった拍手は、参加者同士が互いをたたえるものだった。九人しかいないとは思えないほどの歓声や指笛も飛んだ。後ろから二列目に座っているノリのいい若い二人組の男性が、盛り上げ役を買って出てくれているようだ。

「なんだかワクワクするわね」

「はい」

　育代だけでなく、須美子も非日常の空気を感じ気分が高揚していた。

（楽しい軽井沢旅行になりそうね――）

5

須美子たちを乗せたバスは滝野川《たきのがわ》料金所から高速に乗り、板橋ジャンクション、美女木《びじょぎ》ジャンクションを通過して大泉ジャンクションにさしかかっていた。

高速に乗る段になって「規則ですのでわたしも座ってご案内させていただきます」と言ったあとも、光羽の流れるような話は絶え間なく続いている。

「さて、来年我が社で実施を検討しております、軽井沢ミステリーツアーの問題の答えを考えていただきたいというのが、今回、名探偵の皆様にお集まりいただいた理由です。具体的なことを書かなかったので、皆様、なんのことやらと思っていらっしゃったかもしれませんよね。インパクトのある惹句をと思い、大事な説明をおろそかにしていました……。今さらながら申し訳ございません」と消え入るような鈍色の声で詫びた。

「あら、いいのよ。理義字の問題を解くのには関係なかったし」

育代がそういうと、老婦人も「ええ、ええ」と同意し、後ろの席からは例の二人組の男性が「それで、その問題ってなんですかー?」、「詳しいことを早く教えてくださーい」と問いかけた。その声は抗議ではなく、「軽井沢ミステリーツアー」に対する好奇心を帯びているのがよく分かる。それは光羽にも伝わったようで、「……すみません。皆様、ありがとうございます」と答える声が明るくなったように須美子は感じた。

「では、ご説明させていただきますが、まずは……」

光羽がそう言うと共に、ディスプレイが切り替わった。

軽井沢
不在の証
宝は登山の下、火山の上

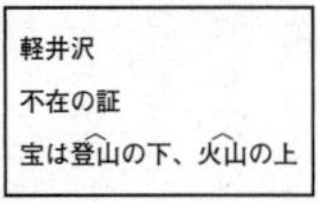

──という文字が横書きで映し出された。「登山」と「火山」の文字の上には、「へ」の字のような山の形もそれぞれ描かれている。

「皆様にはこの問題の『宝』がどこに隠されているのか、そしてその『宝』とはなんなのかを解き明かしていただきたいのです」

「ほう、暗号問題ですか」

そう言ったのは老紳士の声だ。

「──と言いましても、基本的に今回のツアーは理義字クイズ正解のご褒美としてご招待したものですので、この問題へのご参加は強制ではありません。本来の目的としては、我が社のことを知っていただき、皆さまの懇親会旅行やご家族旅行などに活用していただければーーと思っておりますので、純粋に軽井沢観光を楽しんでいただいて構いませんし、問題に挑戦していただいたとしても答えが分からなければ早々にギブアップしていただいても構いません」

「面白そうじゃない！」と育代が先陣を切って声を上げた。その声が車内の戸惑いを吹き飛ばしたように、他の参加者も「挑戦してみよう」とか「名探偵への挑戦ですね」とかいう好意的な言葉が聞こえ始めた。

「それで、宝は具体的になんなのですか？　たとえば分かりやすく宝箱に入っているものであるとか……」と盛り上げ役だった男性の一人が手を挙げた。

「実は……この問題、あるパズル作家が作った問題なのですが、わたしも答えを知りません」

「えぇー！」「えぇー！」と、またも友也と育代の声がハモった。この二人はよほど気が合うか、精神年齢が同じくらいなのかもしれない。

他の二組も少し戸惑ったようにひそひそと言葉を交わしているのが聞こえた。その内の一人、老婦人が代表して「えっと、どういうことでしょう……」と質問した。

光羽は「実はーー」と一旦言葉を切ると、申し訳なさそうにここへ至った経緯を話し始めた。

「実は今年の初めに、来年の目玉となるツアーについて社内コンペがあったんです。わたしはそのとき、手元にあった問題をアレンジして、『軽井沢ミステリーツアー』を提案しました。その時点で問題はいくつか用意していましたが、その一つが皆様に挑戦していただいた理義字の問題です。残りのうち一つがこの、あるパズル作家が作った軽井沢の暗号問題なのですが、これの解答がどうしても見つからず、答えのない問題のまま締め切りに追われるように、ついつい企画書に載せて提出してしまいました。すると、通ると思っていなかったその企画書が社長の目に留まり、採用されてしまったのです。慌てて個人的に軽井沢のロケハンを敢行し、自分なりに答えを考えたのですが、これだという正解を結局見つけることはできず、叱られる覚悟で社長に本当のことを打ち明けました……」

思いも寄らぬ告白に誰も口を挟むことができず、黙って光羽の話の続きを待っている。

「ですが、社長は怒るどころか、『じゃあ参加者と一緒に答えを考えるっていう企画にしてみたら面白いじゃないか』と言い出しました。地元のお客様への感謝も込めて一泊二日の軽井沢旅行にご招待し、ついでに謎の答えを一緒に考えてもらおうという、一石三鳥を狙った急ごしらえの企画になったのです。こんなことに巻き込んでしまって、言い出しっぺのわたしとしては申し訳ない気持ちで一杯なのですが、どうか皆様、この宝の問題の正しい解答を考えていただき、軽井沢ミステリーツアーの企画を一緒に成立させていただけないでしょうか。あ、もちろん、これだという答えを見つけていただいた方には些少ですが賞品も用意しております。軽井沢での一泊二日旅行を楽しみながら頭の片隅に置いておいていただくだけで構いませんので、もし何か気づいたことがあったら教えていただけませんでしょうか」

最後は必死な声音で光羽はマイク越しに訴えた。

「面白い。ようは、まだ正しい答えが誰にも分からない問題に挑戦できるってことか」

「腕が鳴るな」

そう言う二人連れの男性の会話に続き、他の参加者も光羽の必死さに同情したように「挑戦しよう」と言った。ペンを走らせる音が聞こえるので、メモを取っている者もいるようだ。

育代も隣で「わたしが正解しちゃったらどうしよう。来年のツアーのカンムリが『名探偵・小松原育代の軽井沢ミステリーツアー』になるかもしれないわ。そしたら有名人になっちゃうわね、わたし。サインの練習とかしたほうがいいわよね」と、希望に胸を膨らませている。

「あ、それから、この軽井沢の暗号問題とはまったく関係なく、旅の途中で一つ、サプライズ問題もご用意しております。これは理義字の問題と同じくわたしが考えたものですので、答えもきちんとありますが、難問だと自負しております。名探偵の皆様には、そちらもお楽しみいただければと思います」

光羽のさらなる挑戦に、車内は俄然盛り上がった。ただ、ここに至るまで、最後尾に座るサングラスの男性の声が、乗車してから一言も聞こえてこないことに、須美子は妙な胸騒ぎを覚えていた。

長い説明に飽きたのか、途中で母親の隣の席にいた友也が、須美子たちの前の席へと移動してきた。

「こらっ、走ってる時は危ないから動いちゃダメだって言っているでしょう！」と母親に叱られたが、戻るつもりはないらしい。

友也は靴を脱ぐと座席に膝立ちになり、窓に顔をくっつけた。すぐ横を大きなトラックが並んで走っており、その勇ましい車体を眺めている。

「ふふふ、男の子って車とか電車とか好きよねえ」

育代が目を細めて、ちょっとだけ座席の端から覗く友也の顔を見つめている。

「そういえば弘樹《ひろき》君と健太《けんた》君も飛鳥山《あすかやま》のモノレールや公園のSLに乗って大はしゃぎしてましたっけ」

須美子は以前知り合った小学生の兄弟を思い出した。

「あ、そうだったわね。あの日はわたしも年甲斐もなくはしゃいで、次の日、いろんなところが筋肉痛になってたわ……」

「育代さん、二人に振り回されてましたもんね」

「若いっていいわよね」

「本当ですね」

「もう、須美ちゃんはまだまだ若いじゃない」

さっきまで競うように併走していた大型トラックは、いつの間にか見えなくなっていた。

「手を挙げろ」

突然、前の座席の隙間から拳銃を持った手が伸びてきた。突きつけられた銃口と、引き金にかけられた指先を交互に見つめながら、須美子はそろそろと顔の横で小さく両手を挙げる。

「バスジャックに遭うなんて、思ってもみなかったわ……」

隣で同じように両手を挙げた育代が囁く。その声に反応するかのように、銃口がスッと育代のほうへと向けられた。

「ブツをよこせ」

友也は拳銃を向けたまま、そう言った。

「えっ!?　こ、これ……でしょうか」

膝の上のバッグから育代はチョコレート菓子を取り出して、恐る恐るといったように差し出す。

それを見て、友也はニッコリと笑うとヘッドレストの上から身を乗り出し、育代の掌にスッと手を伸ばした。

「……痛っ！」

隣の席から母親が友也の頭を小突きにきた。

「何やってるの、もう。すみません、友也が変なこと言って。最近変なアニメに影響されちゃって」

「変じゃないよ、『怪盗レンジャー瞬《しゅん》』だよ」

須美子の知らないアニメのタイトルを口にした友也は、宿敵から逃れるような素早さで元の座席に戻った。

「まったく……」

呆れた顔で母親が呟くと、車内に朗らかな声のアナウンスが流れた。

「あと五分ほどで休憩ポイント、高坂《たかさか》サービスエリアに到着でーす」

「はーい！」「はーい！」

今日三度目の友也と育代によるユニゾンが車内に響き渡った。

第二章　いつわりの軽井沢

1

高坂サービスエリアは空いていて、須美子たちを乗せたバスは、トイレの目の前の駐車枠に駐まった。

バスを降りる際、須美子の前にいた育代がつと立ち止まり、ステップの下で待つ光羽に
「そのヘアピン可愛いわね」と話しかけた。

「ありがとうございます。これ、母からもらったものなんです」

「へえ、お母さんにとっても素敵ねって伝えておいて」

「はい、帰ったら伝えます」

そのとき須美子の肩口の後ろで「えっ」という声が聞こえ、須美子は思わず振り返った。

声の主は例のサングラスの男性で、運転手の松重のほうに顔を向け首をひねっている。

「どうかなさいましたか」と光羽が声をかけると、男性は「いや、なんでもない」とぶっきらぼうに言い、須美子を追い越すようにバスを降りて足早にトイレのほうへと向かって行った。

「育代おばさん、須美子お姉ちゃん、早く早く！」

到着間際に友也から誘われ、育代と須美子は一緒にサービスエリアの散策をすることになっていた。

友也は母親に手を引かれ、嬉しくて仕方がない仔犬のように飛び跳ねて手招きしている。育代はそんな友也を呼び止めて、母親と「高坂」の看板と一緒にデジカメに収めた。日下部へ報告するための思い出写真を着々と撮りためているようだ。バスの中でも案内する光羽の姿や前の座席ではにかむ友也など、事あるごとにファインダーを覗いていた。

それを見ていた光羽が追いかけて来て、「わたし、撮りますよ」と言うので、その言葉に甘えて四人でも撮ってもらうことにした。

光羽は大きめのショルダーバッグを背中に回し、「はい、チーズ」と使い古された言葉を口にする。まだ学生のような光羽が使うとなんだか違和感があるが、だからといって今の若者たちがその代わりになんと言って撮るものなのか、須美子は知らなかった。

「ありがとう光羽ちゃん」

育代は光羽からデジカメを受け取る。

「どういたしまして。よいしょ」

光羽はずり落ちかけたバッグを肩に掛け直す。何気なく須美子が目をやると、光羽のショルダーバッグには、バインダーやファイルに折りたたみ傘など、口が閉まらないほどのたくさんの荷物が詰め込まれているのが見えた。

（重そうね……）

「須美ちゃん、置いて行くわよー」

育代に呼ばれて「はーい」と須美子はあとを追った。


時間いっぱいまでサービスエリアの土産物や特産品を物色し、須美子と育代は友也とその母親と共に、バスへ戻った。育代は車中のおやつと称して買い込んだ、たくさんの甘味が詰まった袋を重そうにぶら下げて、バスのステップを上がる。

「そんなにいっぱい食べられますか？　軽井沢に着いたらすぐにお昼ご飯らしいですよ」

「これくらい大丈夫よ。食前のデザートだから」

須美子の心配をよそににっこり笑う育代を見て、幸せ太りではなく、やっぱり食べ過ぎかもしれないなと考えをあらためた。

「ぼく、今度はあっちに座りたい」

友也はバスに戻ると自席に落ち着く間もなく、別の席を指さした。「欲で太りし者から奪い、貧しき者を救済す。仲間を増やしていざ進め、怪盗レンジャー……瞬！」と、おそらく先ほど言っていたキャラクターの決め台詞を口にし、ポーズをつけてバスの通路を駆けて行く。今回の参加者全員と、彼なりに友だちになるつもりらしい。

（欲で太りし者から奪い……って、まさか友也くん、さっき育代さんからチョコレートを奪った理由って――）

育代さんには言えないなと首を振った須美子は、そのチョコレートを持って老夫婦の隣の席に座った友也を見やった。その一方で、須美子は先ほどまであんなに口やかましく言っていた母親が友也の行動を放置しているのに、小さな違和感を覚えた。気になって視線を向けてみると、母親は目を閉じているようだった。

（お疲れかしら。まあ、あんなに元気な子どもの相手を二十四時間するのでは、お母さん業も大変なお仕事よね……）

須美子が感慨に浸っていると、「ねえ須美ちゃん、わたしも一緒に行ってきていいかしら」と、おやつを手に突然育代も立ち上がった。驚いた須美子だったが、出発前の挨拶といい、今日の育代は旅先の開放感も手伝ってか、いつにも増して積極的だ。

「あ、須美ちゃんも食べる？」

須美子は首を振って育代を見送り、一人になった座席で窓に目を向ける。すぐ後ろから聞こえてくる四人の賑やかな笑い声に耳を傾けながら、通り過ぎる景色に目を細める。

いくつかの川を越え、見知らぬ町を駆け抜け、渋滞もなくバスは快調に走っていく。まもなく藤岡ジャンクションだ。

須美子が実家の長岡へ帰るときは、このジャンクションを新潟方面へと向かうが、今日はここから上信越道へ入り、この先は上り坂が続く。車窓の町並みも少しずつ寂しくなって、山々の緑も少しずつ薄緑色へと変化していく。まるで季節を逆戻りしているようだった。

滑らかにアスファルトを渡っていく小さな振動が心地よい。どうやら友也の母親は眠ってしまったらしく、先ほどから首がかくんと前に倒れたまま微動だにしない。

育代と友也は、いつの間にか若い男性二人組の隣へ移動したようだ。

須美子も少し眠気を催して、あくびをかみ殺した。ふと、運転席横の添乗員席から振り返っていた光羽と目が合った。

光羽は立ってきて通路を挟んだ隣の席に腰を下ろすと、「吉田様が理義字の謎を解いたんだそうですね。小松原さん、『須美ちゃんは名探偵だから』っておっしゃってましたよ」と言った。

須美子が一人、退屈していると思い声をかけてくれたのだろう。

「いえいえ、違います。名探偵なんかじゃありませんよ。たまたま解けただけですから」

須美子はいっぺんで目が覚めて、顔の前で手を振った。

「本当ですか？　小松原さん熱弁してましたよ」と言って笑った。

光羽は元来明るくおしゃべり好きな性格らしい。同性で比較的年が近いせいか、須美子が水を向けると、色々なことを話してくれた。

光羽は今年二十二歳。短大を出て北の街観光株式会社に就職したそうだ。大型バスが五台、中型が三台、今日乗っている小型バスは二台あるといった会社の紹介だけでなく、アットホームな職場で、仕事は大変だがやりがいがあることまで話してくれる。運転手の松重は厳しいがいつも自分のことを気にかけてくれるのだという話の時は、運転席に聞こえないよう声を潜め、いたずらっぽく笑った。言葉の端々から光羽が、楽しく働いていることが伝わってくる。須美子はすっかり眠気も覚めて、若い光羽の生き生きとした毎日の様子を夢中になって聞いていた。

その間にも車窓の風景は移り変わり、妙義山の異様な迫力に、光羽は須美子と一緒になって歓声を上げた。

軽井沢が近づくにつれ、山の緑は徐々に芽吹いたばかりのような小さな若草色になった。先刻、光羽が軽井沢についてアナウンスをしていたが、軽井沢町は長野県の東の端に位置する、言わずと知れた避暑地であり、別荘地でもある。高原であることは須美子も知っていたが、その標高は千メートルもあるのだそうだ。進行方向の山の上のほうでは、まだ桜が散り残っている。

「わたし、木の葉の色って、好きなんですよね」

光羽の言葉に須美子は「わたしもです。若葉の頃って特に素敵ですよね。育代さんはお花屋さんだから見慣れてるんでしょうけど……」と話しているところへ、「呼んだ？」と育代が戻って来た。

バスは標高をぐんぐん上げ、次のトンネルを抜けると碓氷《うすい》軽井沢インターらしい。

光羽も「じゃあ、わたしもそろそろ準備してきます。吉田さん、お邪魔しました」と運転手の横のガイド席へと戻っていった。

「あら、光羽ちゃん行っちゃうの？……ねえ、須美ちゃん、なんの話をしていたの？」

「育代さんはモテる女性だという話です」

「え、嘘！　やだ、何よそれ。わたしモテないわよ。もう須美ちゃんったら！」

自分が名探偵だなどと光羽に吹聴した育代に仕返しをしてみた須美子は、高速道路を降りるまで、その嘘を否定せずに楽しんだ。

2

バスのデジタル時計が十一時三十分をさす頃、須美子たちは最初の目的地へ到着した。

「少し早い昼食ですが――」と光羽に案内されたのは、南軽井沢の森に佇む「軽井沢の芽衣」というティーサロンだった。

須美子の中ではティーサロンというと、サンドイッチやホットケーキといった軽食しかないイメージだったが、ここの名物はドライカレーなのだそうだ。

バスは光羽とお客たちを降ろすと、すぐそばにあるというペンションへ先回りするために動き出した。トランクに入っている荷物は、先に宿へ運び入れておいてくれるらしい。

光羽の案内によると、参加者たちはそれぞれ昼食を終えたら、十二時三十分までに徒歩でペンションへ向かうことになっている。目指すペンションは、ティーサロンの敷地とは、森を挟んですぐ隣なのだそうだ。

須美子は、育代が先ほどバスの車中で仲良くなった磯崎《いそざき》という老夫妻に誘われて、四人で日当たりの良いサンルームのテーブルを囲むことになった。

磯崎夫妻は育代や日下部より少し年嵩だろうか。須美子に「磯崎泰史《やすし》です」、「早苗《さなえ》です」と自己紹介をしてくれた。須美子のことはバスの中で育代がすでに紹介してくれていた。

時間が早いので、店内には他に客はおらず、バスツアーの貸し切りのような状態であった。須美子たちの右隣のテーブルには光羽が、左隣には例のサングラスの男性が、どちらも一人で席に着いた。友也と母親、それに男性二人組は青空の下のテラス席のほうへと出て行った。

須美子はドライカレーとプリンス・オブ・ウェールズという紅茶を頼んだ。

紅茶は十数種類もあったが迷わずに決めた。この紅茶はプリンスという響きが坊っちゃまにぴったりだと思い、須美子が出したところ、光彦もまんざらではなかったようで、それからは浅見家でも愛飲している銘柄だ。

育代と磯崎夫妻も同じドライカレーと紅茶のセットを頼んだ。須美子と違い育代は、「これも気になる、あ、こっちも」と紅茶を選ぶのに迷っていた。

早苗から、「せっかくですから、二つ、三つ頼んだらいかがですか」と言われ、「あ、そうですよね！」とまんざらでもない顔をした。早苗が冗談で言ったとは気づいていないのかもしれない。

「育代さん、紅茶だけでお腹がいっぱいになっちゃいますよ」

慌てて須美子がそう言うと、「あ、それもそうね。じゃあ、わたしも須美ちゃんと同じプリンスなんたらだけで我慢するわ」と育代はメニューを閉じた。

（……ふう、それにしても素敵な店内ね――）

緑の柱に白い壁。四つ葉のクローバーを思わせる形の窓の前には、グランドピアノも置かれている。

見回す須美子の視線がふと、隣のサングラスの男性に留まった。

男性は壁のブラックボードに書いてある「本日のケーキ」の文字が見えないらしく、オーダーをとりにきた店員の女性にケーキの種類を訊ねていた。男性より遠い場所にいる須美子でさえ読める大きさの文字だが、ひどい近視なのかもしれない。

「本日は、自家製チョコレートケーキをご用意しております。クッキーやクルミなどを練り込んだ生地で、生チョコのような風味をお楽しみいただけます」

「じゃあそれも」

男性は迷わず注文する。サングラスに地味な色のハーフコート、スラックスに革靴という出で立ちからは酒と煙草が似合いそうだが、見かけによらず甘党なのかもしれない。

店員が復唱するところによると、男性のオーダーはドライカレーとコーヒー、それに食後のデザートにチョコレートケーキと決まったらしい。

「あ、わたしもケーキ追加しちゃお！」

育代は磯崎さんたちもどうですか——と訊ねたが、二人は笑って辞退した。須美子は聞かれる前に首を振った。

「——それにしても軽井沢も変わってしまいましたわね」

早苗が少し淋しそうに言い、そのあとを泰史が続けた。

「以前はこの通りは、両側から木々が覆いかぶさって、緑のトンネルみたいだったんですよ。それがいまではずいぶんと開発が進んでしまって、古き良き軽井沢ももう終わりということでしょうかな」

「わたくしたちが出会った頃は、澄んだ空気に清《す》んだ風が吹いてましたわねえ」

磯崎夫妻は顔を見合わせて微笑む。

二人とも昔は軽井沢に親の建てた別荘があったのだそうだ。両家の別荘が近所同士で、軽井沢で出会って、結婚したという。

早苗は結婚する前、東京の高校で現代文を教えていたそうで、それで理義字を知っていたのだとも言った。

「わたしのほうは元銀行員でしてね。数字には強いが文学の素養はさっぱりで。妻に『リギジよ』と言われても、そのリギジが何か教えてもらうまで知りませんでした」

二人とも飾らない性格で、かなり年下の須美子にもフランクに接してくれた。

「昔の軽井沢はひなびた田舎町という表現がぴったりの、美しい村だったのよ。堀辰雄《ほりたつお》の『美しい村』、ご存じ？」

「堀辰雄って『風立ちぬ』の人ですよね。名前を知っているだけで、恥ずかしながら一冊も読んだことはありません」

早苗の問いに、須美子は正直に答えた。

「そんな古い本、今の人は読まないよ」

「あら、そうなの？」

「今の人じゃないですけど、わたしも読んだことがないです……」

育代は肩をすくめてみせる。

「ははは、実はさらに今の人じゃないわたしも読んでいません」

「あら、あなたは本と言ったらビジネス書ばかりですもの。最初から期待なんてしていませんわ」

早苗の言葉に磯崎も肩をすくめて見せた。

「まあ、堀辰雄はともかく、昭和の頃まではこの辺りはぽつん、ぽつんと別荘が点在する程度の、広く美しい森だったのですよ。それがいつの間にかどこもかしこも開発が進んで、駅前などまるでショッピングの町のようになってしまった。日本経済界の片隅で飯を食ってきたわたしが言うのもなんですが、地方の繁栄も善し悪しですなあ」

「本当。次々に木が切り倒されていって、まるで最初から森なんてなかったみたいに……」

夫妻は結婚したころを懐かしむのか、軽井沢の開拓を大いに嘆いた。

須美子たちの前に熱々の食事が運ばれて来るころには、続々と新しいお客がやって来て、あっという間に席が埋まっていく。早めの昼食は正解だったらしい。

「見て見て、あのこたち可愛いわね」

育代がスプーンを持ったまま、須美子に目で合図する。

テラスに来た若いカップルが二頭の大型犬を連れていた。まだ若そうなゴールデンレトリーバーとラブラドールレトリーバーが、ハッハッと息を弾ませ、嬉しそうに舌を出し尻尾を振って飼い主を見上げている。

「軽井沢のティーサロンでワンちゃんとお食事なんて、おしゃれですね」

純一無雑《じゅんいつむざつ》な四つの瞳に、須美子の顔も自然と綻ぶ。

「本当ね。あら、あっちはミニチュアダックスね」

育代は次々とやって来る犬たちのかわいさに、夢中になっているようだ。ドライカレーを食べながら、忙しく首を動かして観察を続けている。

「このティーサロン、庭が広いから愛犬家に人気なんだそうですよ。裏手の森には遊歩道があって、ワンちゃんとお散歩もできるんですって」

ホットサンドを手にした光羽が、隣のテーブルから解説を加えた。

「あらブルドッグ」と育代は光羽の言葉も上の空で、次に駐車場からアプローチを歩いてくる犬を見て目を輝かせた。

「違いますよ育代さん、あれは違う犬種ですよ。たしか、フレンチ……じゃなくて、あれ？　なんだったかしら、えーと……」

須美子がど忘れしてしまったのを懸命に思い出そうとしていると、「ふふふ」と光羽が笑ってから、懐かしそうな顔で話しはじめた。

「我が家にも昔、あのこと同じ犬種の犬が二匹いたんですよ。わたしが物心つく前に亡くなってしまったんですけど、『トンボ』と『アリス』という名前でした」

「面白い名前ね」

「はい。母がつけたらしいんですけど、なんだか変な名前だなって、小さい頃はわたしもずっと思っていたんです」

光羽は「吉田さん、頑張って思い出してくださいね。ではわたしは一足お先に失礼して、皆様のチェックインのご準備をさせていただきますね」と席を立った。

腕を組んで必死に思い出そうとしている須美子の耳に、不意に「手抜きだ……」という鼻で笑うような独り言が聞こえた。声を発したのは、隣の席に座っていたサングラスの男性だ。男はコーヒーを片手に、食後のチョコレートケーキを食べているところだった。

(何が手抜きなのかしら……)

「あら、美味しい！」

育代に目を向けると、男と同じチョコレートケーキをパクパクと口に運び、あっという間に平らげてしまった。

須美子の視線に気づいた育代は、「あ、ごめんね、須美ちゃんにも一口あげればよかったわね」と言った。

「いいえ、わたしはもうお腹いっぱいですから。それより育代さん、ケーキに変わったところはありませんでしたか？」

「ああ、すごい変わっているわよ、このケーキ。チョコレートがなめらかで、それでいて濃厚で、そこにビスケットやクルミがゴロゴロ入っているの。自家製って言ってたけど、さすがプロよねえ。わたしじゃこうはいかないわ」

（手抜きはケーキじゃなさそうね。じゃあコーヒーのことなのかしら……）

須美子はモヤモヤした気持ちのまま、しかしそれを訊ねる勇気も出ず、紅茶のカップを手に取った。

「よお、来たね真島《まじま》君。いや、回送電車ジュン！」

席がほとんど埋まった頃、須美子の後方のテラス席から、無遠慮な男性の声が響き、近くの枝にとまっていた小鳥が驚いたように羽ばたいていった。

「勘弁してくださいよぉ。その子供たちのあいだで流行っている『怪盗レンジャー瞬』みたいな言い方」

「いやあ、今まで何回、回送電車に乗っちゃったんだっけ。しかも真島潤一《じゅんいち》の真骨頂、回送の新幹線に乗ったら扉が閉まって発車。動き始めた列車の窓に顔をつけて……って、なんかの歌詞みたいだけど、助けを呼ぼうと手を振ったら、にっこり会釈した駅員さんが思わず二度見なんて、何度思い出しても笑えるよ」

「新幹線じゃなくて、まだ特急『あさま』の頃の古い話じゃないですか。先生いい加減、忘れてくださいよぉ」

「で？　今日の遅刻は何があったわけ？」

「あ、それは本当にすみませんでした。こんなに遅れちゃって。それがですね、荷物を宿に置いてからお邪魔しようと思って駅からタクシーに乗ったら、着いた先が群馬県だったんですよ！　タクシー代一万円ですよ！　間違って北軽井沢のペンションを予約しちゃってたんです！」

「ああ、回送『あさま』よりはよくある話だね。あそこは北軽井沢とはいうものの、このあたりの南軽井沢とは違って、軽井沢町でもなければ長野県でさえない。軽井沢町民の僕からしてみれば、偽りの軽井沢なのだよ。はっはっは」

「……!!」

その下品な笑い声を聞いたとき、須美子の体は瞬時に硬直した。

テーブルの脇に立ててあったメニューを手に取り、それで顔を隠すようにしてそっと振り返る。そこには白い帽子を被って座る男性の後ろ姿と、メガネを掛けた白髪交じりの男性の姿が見えた。

「どうかしたの須美ちゃん？　誰か知り合いでも……」

パッと前を向き、育代に人差し指を立てて「しーっ」と言葉を遮る。向こうはまだ須美子には気づいていない。だが、振り返られたら見つかる可能性が高い。須美子は神経を研ぎ澄まし、背後に集中した。

「それで先生、お原稿は……」

メガネの男性の声が聞こえる。

「それなんだけどね、僕も困っているんだよ。浅見ちゃんが新しい事件簿をくれれば、原稿なんてちょちょいのちょいと書いちゃうんだけどさあ」

「先生、それ先月もおっしゃってましたが、これ以上は締め切りを延ばせませんよ。本当は東京マラソンまでに書き上げるっておっしゃってたじゃないですか」

「おお、そうだった、そうだった。東京マラソンといえば、きみ、ついに出場したんだってね。で、どうだったの記録は？　回送電車ならぬ快走編集者ジュンは二時間切ったの？」

「切るわけないじゃないですか……そんなことよりお原稿ですよ、お原稿――」

須美子はポットに残っていた紅茶をカップに注いで一気に飲み干し、育代を促して磯崎夫妻に非礼を詫びて先に席を立った。

「え〜っ！　そんなすごい作家さんがいたの。じゃあサインもらえば良かった。なんでその場で言ってくれないのよ！　今から戻ろうかしら」

ティーサロンで手早く会計を済ませ、ペンションの玄関前にたどり着いてから訳を話すと、育代は地団駄を踏んで悔しがった。

「ダメです、ダメです。やめてください。あのセンセは坊っちゃまの敵《かたき》……悪の権化なんですから」

「そんな大げさな……。わたしには悪い人には見えなかったわよ？」

「育代さんは知らないんです。あのセンセは、坊っちゃまが解決した事件をもとに、あることないこと織り交ぜて小説にでっち上げて、勝手に発表しちゃうんですよ。ですから、大奥様は大変お怒りなんです！　坊っちゃまに、何度もあの方とのお付き合いはいい加減になさいって、口を酸っぱくしておっしゃっているんですから」

「そ、そうなの？　大奥様がそれほど怒っていらっしゃるなら、本当なのかもしれないわね。でも……その小説って興味あるわ。今度読んでみようかしら」

「やっ！　やめたほうがいいです。目の毒ですよ」

小説には須美子の名前も出てくる。フィクションであり、自分とはまったく違うキャラクターとして描かれていたとしても、育代に見られるなんて、恥ずかしくて耐えられない。

「ほんと、もう忘れてください。ね、育代さん！」

須美子が必死になればなるほど、育代は「うーん、でも気になるわ」と首をひねるばかりだ。

そこへ、他の参加者が一団となってやって来た。全員予定より早めに食事が終わったようだ。


「ペンション森の樹」は大きなログハウスだった。

鬱蒼とした森に囲まれた立地で、ケヤキのシンボルツリーが広い庭に巨大な日陰を作っていた。芽吹いたばかりの若葉が初々しい。

深緑色の屋根の上には、青空に映える白い風見鶏が早春の風に吹かれていた。

「いらっしゃいませ」

「さあさあ、どうぞこちらにおかけください」

ペンションの玄関を入るとそこはロビー兼リビングで、オーナー夫妻が出迎えてくれた。

「オーナーの小沢厚志《おざわあつし》です。本日はようこそお越しくださいました」

綺麗に整えられたヒゲをたくわえたオーナーが、人なつこい顔で頭を下げた。

「妻の宏美《ひろみ》です。よろしくお願いします」

並んで立つと親子ほども年が離れて見えるが、二人ともそろって小柄で愛想が良い。

一同が靴をスリッパに履き替えてソファーに腰を下ろすと、温かい緑茶と一緒に一人一枚宿泊カードが配られた。

「決まりですので、お手数ですがご記入をお願いします」とオーナー夫人の宏美は申し訳なさそうに言う。

部屋割りはすでに光羽のほうで相談してあったらしく、名前を呼んで確認しながら光羽がオーナーの小沢から預かった鍵を配った。

このときになってようやく、須美子は全員の名前を知ることになった。

一号室が昼食を共にした磯崎泰史・早苗夫妻。二号室が若い男性二人組、久保勝弘《くぼかつひろ》と南浩一郎《みなみこういちろう》。三号室がサングラスの男性、花山太一《はなやまたいち》の一人部屋で、四号室が育代と須美子、五号室が母子で参加の野依園子《のよりそのこ》と友也親子だ。

「皆様、わたしは七号室ですので、何かありましたらお申し付けくださいね」

光羽は言って手の中の鍵を見せた。光羽はもう一方の手にも一つ鍵を持っている。おそらく運転手の松重は六号室に泊まるのだろう。

「ご記入ありがとうございます」

一人ずつ宿泊カードを集めて回っていた宏美が、「東京都北区西ケ原三丁目××浅見方」

と書いた須美子のカードを見て、「あら！」と嬉しそうな声を漏らした。

「わたしの旧姓も『アザミ』なんですよ」

宏美は親しみを込めてそう言った。

「奇遇ですね。でもこの住所に書いたお宅は『アサミ』と濁らないんですよ。……あの、もしかして宏美さんは秩父《ちちぶ》のご出身ではないですか？」

光彦が以前、取材先から帰って来たときに言っていたことを思い出したのだ。秩父地方では浅見を「アザミ」と濁って読む姓が普通なのだそうだ。

「ええ、よくお分かりですね。そうなんです。秩父市の羊山《ひつじやま》公園の近くなんですよ」

「あ、やっぱり。羊山公園っていうと、あの芝桜で有名なところですよね」

「そうです、そうです。毎年春は家の前も大渋滞で大変なんです」

宏美は懐かしそうに目を細めた。

「お二人はいつごろからご一緒にこのペンションを？」

育代が好奇心いっぱいの顔で問いかけると、その答えは夫の小沢が引き継いだ。

「ペンション自体は古いんですがね、お恥ずかしながらわたし晩婚でして。わたしが四十七歳のときに一緒になり、今年結婚十年になります。十も若い嫁さんをもらいました果報者です」

「ふふふ、素敵なご縁だったのでしょうねえ」

育代が興味津々で二人を交互に見ている。これには宏美のほうが「スキー場で出会って、わたしの片思いで猛アタックしたんですよ」と照れながら言った。

「あらまあ」

育代は両頬を押さえて、何故か宏美よりも恥ずかしそうな顔をする。

「ご結婚十年ですか。わたしたちは今年で四十年を迎えました。まあ付き合いが長いので気を遣わなくて済むのが唯一の良いところでしょうなあ。実は昔、この近所に親の別荘がありましてね。この辺りはわたしたちの思い出の場所でもあるんですよ」

磯崎泰史が会話に入ってきた。

「そうだったんですか、ご結婚四十周年、おめでとうございます！」と光羽も知らなかったと見えて、驚いて拍手をし、全員から祝福の拍手が贈られた。

細く開けられた窓からは、心地よい風が入り込んでくる。

ふと、須美子は窓のそばに飾ってあった絵に目が留まった。

白い風見鶏が印象的な建物と、今よりいくらか小さいケヤキの木。油絵なのに全体的に霧に光が反射しているような効果が使われていて、幻想的で透明感のある素敵な絵だ。

絵の下端に「a.ozawa」とサインがある。小沢厚志の筆だろうか。

「素敵な絵ですね」

「あ、ええ、ありがとうございます」

小沢がくすぐったそうな表情で答えた。見れば階段の踊り場や、受付カウンターの中、奥のダイニングへ続く通路など、至る所に大小様々な絵が飾られている。どれも優しさに溢れた印象を受けた。

「さあ、では皆様もうすぐ出発ですので、ご準備をお願いいたします。バスのトランクにお預かりしていた皆様のお荷物は、そちらの机の上にございます」

光羽のよく通る声がそう言ったので、皆、くちくなった腹を抱えて、ソファーから重そうに腰を上げた。

一階はダイニングや大浴場などの共用スペースで、客室はすべて二階にあるのだそうだ。客室は全部で七室。おそらくこのペンションのキャパシティが先に決まっていたせいで、このツアーの招待客がバスの座席に比較して、少なめに設定されていたのではないかと、須美子は想像を巡らせた。

他の皆が自分の荷物を抱えて階段を上っていくのを見送ってから、須美子と育代も部屋へ向かうことにした。ふと二階に上がったところで、先ほど宿泊カードを記入する際に借りていたボールペンが手の中にあることに須美子は気づいた。

「あ、持って来ちゃった。育代さん先に行っててください」

「わたしも行くわよ」

二人は階段を下りて、受付カウンターに向かった。誰の姿も見えなかったので、受付で

「すみません」と須美子が声をかける。両開きのスイングドアの向こうは事務所らしい。事務机が二つ並んでいるのが見える。まもなく、小沢が顔を出した。

そのとき、奥の裏口と思しきガラス扉の外に、一人の男性の後ろ姿が一瞬見えた。

「あら、もしかして息子さん？」

育代も気づいていたようで、小沢に訊いた。

見た感じ、身長は須美子と同じ一六〇センチくらいだろうか。オーナー夫妻は二人とも小柄ではあるから、体型は似ているように思えたが、たしか結婚十年と言っていたはずだ。

（十歳といえば小学生よね。でも小学生どころか、二、三十代くらいに見えた気がしたけど——）

「え？　ええ、まあ……あの、どうかなさいましたか？」

「あ、すみません。先ほどうっかりペンをお返しし忘れてしまって」

須美子が白い軸のボールペンを差し出すと、「ああ、そうでしたか。わざわざすみません」と小沢は受け取った。

あらためて育代と須美子は階段を上り、四号室を目指す。真っ直ぐな廊下に、手前から廊下をはさんで左側が奇数、右側が偶数号室となっている。偶数側の一番奥は「リネン室」という札が付いていた。右側の二つ目のドアに育代が手に持っていた鍵を差し込んだ。

「あらぁ、素敵ね」

ドアを開けると、室内はリビングと同じく、無垢の白木の壁に囲まれ、かすかに森の香りが漂う。床には全面に厚めのカーペットが敷かれ、ピンクベージュのカバーが掛けられたベッドが二台並んでいる。

居住空間は存外ゆったりしていて、エキストラベッドを入れれば、あと二人くらいは泊まれそうだ。

壁には、ここにも優しい色合いの肉筆の絵画が掛けられ、ほっと心を和ませてくれる。夜はまだ冷えるのだろうか、備え付けのストーブが据えられていて、デスクの前に大きめの鏡が掛けられている。最新型の小型冷蔵庫、美しい光沢を放つクローゼット、その隣には荷物置きにもなるモダンなチェストが横たわっているところを見ると、おそらく適宜、リフォームを行い、調度品も入れ替えているのだろう。

育代はチェストの上に持ってきたボストンバッグを置き、いそいそと部屋の探検を始めた。須美子もそれに倣って、チェストに荷物を置くと、窓辺へ行き、森の風景を眺めた。

「素敵なお部屋ですね」

須美子の呼びかけに、育代は今にもスキップしそうな勢いでバスルームから飛び出してきて、「こっちも素敵よ。最新式の広い浴槽が付いているわ！　ペンションというよりホテルみたいね」と興奮した声で報告した。

一休みしたい気もしたが、次の予定に遅れないよう須美子と育代は早めに部屋をあとにした。玄関を出ると、「北の街観光・軽井沢ツアー」と行き先の書かれたバスが、乗客を待っていた。

「うーん、わたしやっぱり、もう一度トイレに行ってくるわ。須美ちゃん、先に乗っててちょうだい」

次の目的地までは三十分ほどで着くらしいが、育代は部屋を出る前、トイレに行こうかどうしようか迷っていた。心配なら行っておいたほうがいいと須美子は伝えたのだが、「大丈夫だと思うわ」と言って、何かしらの文字を掌に書いて飲み込んでいた。いったい「車」の次はなんと書いたのだろうか——。

バスのドアは開いていたが、運転席にも客席にも誰もいないようだった。

おやっと不思議に思って須美子が辺りに目をやると、バスの後ろから伸びる二つの大きさの違う人影に気づいた。光羽と松重が打ち合わせでもしているのだろうか。時折、叱責のようなダミ声がチラッと風に乗って聞こえてきた。気になって近づいてみると「答えはお前が望むようなものじゃないかもしれない。期待しないほうがいい」という松重の声が聞こえた。

その直後、光羽は俯きながら顔を覗かせたが、須美子に気づくと明るい笑顔で慌てたように駆けてくる。

「お待たせしました。まもなく出発します」

そう言って光羽は須美子を誘《いざな》い、後ろからわらわらとやって来た他の乗客たちも、順次バスに乗り込んだ。最後にトイレに行っていた育代が駆けつけ、バスの扉は閉まった。

友也は須美子たちの前、一番前の右側に陣取り、「今度はここにする！」と母親の園子を呼んだ。

育代によると、軽井沢に到着するまでのあいだに、友也は参加者全員と交流を深め終わったらしい。

（あの、花山太一という人ともお話しできたのかしら）

友也がサングラスの花山と話しているシーンだけ、須美子は頭に思い描けなかった。

「お母さんはこっちでいいから、あなただけそっちへ乗って行きなさい」

園子は最初と同じ席に落ち着き、通路越しに友也に言った。

（あれ？）

先ほどと同じ席に座った須美子の頭に、ふとクエスチョンマークが浮かんだ。

なんだろう――と考えようとしたとき、前の座席からぴょこんと小さな手と顔が現れた。

「育代おばさん、チョコレートある？」

園子に聞こえないよう小さな声で友也は言った。

今回は「怪盗レンジャー瞬」ではないようで、友也少年としてストレートにブツを要求してきた。

「ふふふ、あるわよ。でも、さっきお昼ご飯を食べたばかりなのに大丈夫？」

「デザート、デザート」と、友也は両手を差し出した。その手に育代はポンとチョコレートを載せる。

「ありがとう！」

もらうものをもらった友也は、さっささと前を向く。

「……あれ」

「どうしたの？　須美ちゃんも食べる？」

「えっ、いえ……」

「あら、そう。食べたくなったら言ってちょうだいね」

育代はそう言って、自分の口に一つチョコレートを放り込んだ。

(なんだろう、いま何か違和感が……)

ゆっくりと、理由の分からない薄墨色の霧が須美子の胸に広がっていく。

「皆様、ご昼食はいかがでしたでしょうか」

光羽の明朗なアナウンスにハッとして、須美子は瞬きを二度、三度と繰り返した。車内の時計は十二時四十五分を示している。

「それでは、これから白糸《しらいと》の滝へとバスを進めて参ります。白糸の滝は標高一四〇〇メートルの場所にあり、浅間山の伏流水が岩の層を通って浸みだしたものです。高さ三メートル、その幅はなんと七〇メートルにもおよび、マイナスイオンいっぱいの美しい風景をご覧いただけます。岩魚の塩焼きなど名物料理が並ぶ売店もございますので、お腹に余裕のある方は、そちらも召し上がってみてはいかがでしょうか」

「ふふふ、入るかしら」と言ってお腹をさする育代に、須美子は考え事をしながら「……え、ええ」と生返事をした。

育代は須美子の異変に気づいていないようで、光羽のガイドに真剣に耳を傾けている。

バスは中軽井沢の駅前を曲がる。両側に若葉色の街路樹が植えられた商店街を抜け、すぐに上り坂にさしかかった。

「これから登って参ります国道一四六号線は浅間山麓《あさまさんろく》を軽井沢町から草津温泉の方面へと抜ける主要道路です。左手に雄大な浅間山の風景をご覧いただけますので、どうぞ車窓よりお楽しみください」

育代は「じゃあ写真もいっぱい撮らなくちゃね」とバッグからデジカメを取り出し、「えっと、こっちがズーム、これがシャッター」とブツブツ言いながらおさらいをしているようだ。

「あら、ここを押すと撮った写真が見られるみたいよ」

教わってきたのに忘れていたのか、それとも日下部から聞いていなかったのか、育代はいま、初めてそのことに気づいたようで、得意げに写真を再生して見せる。

ズキンとした痛みに須美子は思わずこめかみを押さえた。知らぬ間に額には脂汗が浮かび、ひどく動悸がする。

（わたし、どうしちゃったのかしら……）

「右手を流れているのが湯川でございます。この水の源流が白糸の滝と言われております」

光羽の案内によると、ここからは長い上り坂が続くそうだ。その間も光羽はこれから行く白糸の滝や車窓の風景についてのガイドを欠かさない。

途中、光羽の言うとおり、左手車窓に浅間山がすぐ目の前に迫りくるよう見え隠れする。そのたびに車内からは「わぁ」とか「おぉ」と歓声があがり、皆一様に十歳も若返ったようなリアクションを見せた。

坂を登り切ると、バスは峰の茶屋の前で右折し、有料道路に入る。この辺りまで来ると、軽井沢町に入る手前で越えた碓氷峠よりさらに、季節が逆戻りした感がある。

木々の緑はまだ芽吹いたばかりで、長かった冬の欠片《かけら》が、あちらこちらの木の枝にぶら下がっているようだ。

予定どおり、出発から三十分ほどでバスは目的地の白糸の滝の駐車場に到着し、須美子たち乗客を全員降ろした。

ここでは二十分間の自由行動だそうだ。

「なんだかドキドキするわね」

白糸の滝までは、水量の豊富な水辺の散策路を三分ほど歩く。

「お母さん早く、早く」

友也が園子を振り返りながら先へ行く。

「危ない！　川に落っこちるわよ、ほら、ちゃんと前を向いて、手を繫いで」

整備はされているものの、左手を流れる川は自然のままで、下手をすると一メートルほど下の川へ転落しかねない。はしゃいで駆け回る友也は、園子に捕まえられ、しっかりとその手を摑まれた。

育代も友也に負けないはしゃぎぶりであとを追う。右や左の景色を写真に収めながらだからせわしない。

「見て須美ちゃん、まだレンギョウが咲いてるわ。寒いのねえ」

育代が対岸の黄色い花にカメラを向けて歓声を上げるが、須美子の足は坂道のせいばかりでなく、なかなか前に進まなかった。頭重《ずじゅう》感と同じくらい重い足を引きずるように、育代たちのあとをゆっくりとついていく。

白糸の滝は、たしかに素晴らしい眺めであった。

視界の幅以上に湾曲した岩壁に美しい湧水が流れ落ちる様は、まさに自然が創った芸術だ。広場のようになったスペースが観客席で、まるでそれを囲むステージのように、水の織りなす幻想的な風景が広がっている。

育代はあちらこちらと精力的に動き回り、まるでいっぱしのカメラマンのように、様々なアングルでカメラを構える。その中には友也親子、それに他の参加者を入れ込んだものもあっただろうが、須美子の上の空はこの絶景を前にしても、一向に改善しなかった。

滝を堪能し、散策路を戻ると、道の向かいには土産物屋がどっかと店を構えており、名物の「岩魚塩焼き」や、「おやき」などののぼりが早春の寒風にはためいている。

「わたし、岩魚の塩焼きと甘酒をいただくわ。須美ちゃんはどうする?」

育代はうきうきした声で注文し、当然のように須美子にも促したが、須美子は相変わらず、深い思考の淵に佇《たたず》んでいた。まるで暗い森の中を彷徨っている迷子の心境だった。

だから店のおばさんの笑顔にも、育代の質問にも、ただ、黙って首を振ることしかできないでいる。

「……大丈夫、須美ちゃん? さっきから調子悪そうだけど。車酔いしちゃったの? あのね、手に『車』って書いて二回飲み込むと――」

(……あっ!!)

その瞬間、暗澹《あんたん》とした幕が取り除かれ、俄には信じられない可能性が目の前に現れた。

「そんな、まさか……!」

大きく吸い込んだ息を吐き出すと共に、思わず声が出ていた。

「あら、嘘じゃないわよ。わたしはこのおまじないのおかげでここまで酔わなかったんだから」

育代の力説が耳に届かないほど、須美子は驚愕に打ちのめされていた。

(こんなこと、育代さんには言えない……絶対信じてもらえない)

育代は心配そうに須美子をベンチに座らせておいて、店のおばさんに頼んで水をもらってくれた。

そして自分も須美子の隣に並んで座ると、岩魚にかぶりつき、左手に持った甘酒を口にする。

「美味しい！　絶妙な塩加減よ。須美ちゃんも一口食べてみる？」

育代は気遣わしげに須美子を覗き込むが、須美子の心中はそれどころではない。

きっと、口もきけないほど気分を悪くしたのだと独り合点したのか、育代はそれから黙々と岩魚を平らげ、甘酒をおかわりして、胃の腑に流し込んだ。

「なんだかわたし、また行きたくなっちゃったわ。甘酒を飲み過ぎちゃったみたい」とお手洗いの方角を指さした。

「須美ちゃん、落とすといけないからカメラを預かっててもらってもいいかしら？」

他の参加者たちは食べ物には興味を示さず、店内で土産物を物色しているらしい。その場には期せずして、須美子だけが取り残された格好になった。

（どうしたら……いいの）

この突拍子もない話を誰にどう切り出したものか、しばし顎に指を当てて思案していると、葉音を鳴らし、薫る五月の風が渡ってきた。それは須美子の体をやさしく通り抜けていく。なぜか急に光彦坊っちゃまの顔が頭に浮かび、須美子は不思議と冷静さを取り戻していた。

（あ、さっきバスの中で感じたのって……）

須美子は育代から手渡されたカメラを左手に持ち替えると、再生ボタンを押した。

（やっぱり……）

――とそこへ、園子・友也親子、そして光羽が店から出てきて、笑顔で会釈し、須美子の近くに腰を下ろした。

また最前の不安が押し寄せてきそうな予感がして、須美子は慌てて頭を振ると、「あのっ！」と思いきって口を開いた。

最初に返事をしたのは友也だった。

「どうしたのお姉ちゃん？」

正面に立ってきて足元にしゃがみ込み、くりっとした可愛らしい瞳で須美子の顔を覗き込んでくる。

須美子はその視線を真っ直ぐに見返すと、ゴクリと唾を飲み込み、育代から預かったカメラを握る手に力を込めた。

「あなたはいったい誰なの？」

「……えっ⁉」

友也の顔が硬直し、母親の園子は息を呑んだまま子どもを自分の後ろに隠すように引き寄せた。

須美子はさらに、視線を光羽に向けて続けた。

「わたしたちが乗ってきたバスは、どこへ消えてしまったんですか？」

しばらくのあいだ、野依親子と光羽は放心した態で無言で佇んでいた。やがて、光羽が怖いような真剣な目をして須美子を見た。

「……吉田さん、ちょっとよろしいでしょうか」

他の参加者が付近にいないことを確かめ、須美子を売店の陰へ、有無を言わせぬ強さで引っ張っていく。野依親子は、その場でこちらの様子を窺っている。

須美子は一瞬、光羽に何かされるのではないかと身構えた。

それは自分が気づいた違和感に、須美子自身、恐怖に似た感情を抱いていたからだ。

4

「皆様、お帰りなさいませ。軽井沢の名所の一つ、白糸の滝をお楽しみいただけましたでしょうか。おやきや岩魚の塩焼きや、それに焼きトウモロコシなどもありましたがお召し上がりになれましたでしょうか？　おなかがいっぱいになって眠くなってしまった方もいらっしゃるかもしれませんね」

そこで一度、言葉を切ると、光羽は「ではお昼寝の前に、ここで予告していました名探偵の皆様へのサプライズ問題です！　じゃじゃん！」と続けた。

「ええ！」「おお！」

乗客たちのあいだから、驚きと楽しそうな悲鳴が上がる。

「問題は間違い探しです。今日、東京からご一緒していますが、ここまで来る間に変わったところが三つあります。それはどこでしょうか？」

「あ、はい、はい！」

さっそく元気よく手を挙げた育代は、指される前に「分かったわ、変わったところは地名なんじゃない？　ここは長野県だもの」と当たり前のことを言った。

「うーん、それも正解ではありますが、ご用意した問題はもうちょっと分かりづらい変化かもしれません」と光羽は言葉を選んで否定する。

「あら、じゃあ何かしらね」

育代が首をひねる。他の参加者からも「うーん」と頭を悩ませる声が聞こえる。

「ヒントは皆様が今見ている物の中にあります」

誰からも手が挙がらなかったので、光羽はそう付け加えて、首をゆっくりと左右に向ける。

「このバスの中に変わったところがあるってことだよね？」

後ろから、久保と南のどちらかの声が聞こえた。

「はい、そのとおりです。さあどうでしょう、お分かりになった方、いらっしゃいますか？……あ、手が挙がりましたね磯崎早苗さん。お願いします」

「もしかして……多田さんの三日月の髪飾り……じゃないかしら？」

「ピンポンピンポ〜ン！　正解です」

そう言って光羽は顔を右に傾けてみせる。「さすが女性はよくご覧になっていますね。ペンションまではわたしのピン留めは一つでしたが、今は二つ付けています。大正解の磯崎さんには弊社の粗品をプレゼントしまーす」

車内に拍手が起こり、光羽はラッピングされた袋を三列目の早苗に手渡した。

育代は須美子を見て「わたし、あの髪飾り素敵ねって光羽ちゃんに話していたのに、なんで二つになっていることに気づかなかったのかしら。悔しいわぁ。ねえ須美ちゃんは気づいてた？」と地団駄を踏んでいる。

須美子は大真面目な顔でかぶりを振る。

「さあ、あと二つです。気づいた方、いらっしゃいますか？」

振り返ると久保と南は真剣な眼差しで、車内を指差しながら、間違いがないか探している。

「制限時間はあと十分です。バスがペンションに到着するまでに探してくださいね」

「ヒント、ヒントをくださーい！」と育代が手を挙げると、他の参加者も期待の眼差しを前方の光羽に注いだ。

「そうですねえ、理義字の問題を思い出してみてください」

「理義字？」

久保は首をひねると、隣の南に「分かったか？」と訊ねる。

「いや」

「友也くんは何か分かった？」

育代は先ほどと同じく前の席に座った友也に声をかける。

「う、ううん。ぼく、ぜんぜん分かんない」

ぎこちなく育代に返事をした友也は、通路から顔を出して後ろを向く。キョロキョロと首を動かす仕草は小動物を思わせた。

「……理義字……理義字」「バスの中にあるもの……」

久保と南がブツブツと大きな独り言を言っているのが、須美子たちの席まで聞こえてくる。「髪飾りは月が二つで『朋』の字……理義字……あ、まさか！」

「あ、南さんお分かりになったようですね。どうぞお答えください」

「えーと、笑われるかもしれませんけど、その、友也くんが実は双子で、この子は友也くんじゃない……とか」

自信なげに言った南に、久保が「おいおい、南……」と呆れたような声を出す。名指しされた友也自身は驚いた顔をしている。

「南さん……大正解です！」

光羽の声に「嘘っ！」「え、本当？」とあちこちから驚きの声を漏れる。運転手を含めても一ダースに満たない人間を乗せたバスの車内は、熱気で気温が上がったようにも感じた。しばし興奮が収まるのを待ってから、光羽は話しはじめた。

「実は東京から昼食会場までご一緒していたのは友也くんですが、昼食後、ペンションからずっと一緒だったのはこちらの和也《かずや》くんでした」

「おお！」とあらためて車内に感嘆の声が響く。

「南さん、おめでとうございます。よくお分かりになりましたね」

「い、いやあ、白状すれば完全に当てずっぽうでして。理義字の問題がヒントって言われて双子の『双』という字が浮かんで、友也くん……じゃない和也くんでしたっけ、彼があそこから顔を出して、チラチラこっちを見てたもんだから、もしかしてって――」

頭を掻きながら南は言い訳がましく説明する。

「おめでとうございます。南さんにも弊社の粗品をプレゼントします。実はお母さんの野依園子さんも弊社の社員で、今日は家族で協力してもらいました！　和也くん、ありがとね」

光羽の声に、和也はにっこり笑って、全員に向けて手を振る。

「だから、急遽一組増やしたとかって言ってたのか」と久保が隣の南に話している。須美子もはじめ気になっていたのだが、当選者は四組で間違っていなかったのだ。

「さあ、残り一つとなりましたが、いかがでしょう。もうすぐペンションが見えてきますよ」

もう声を顰《ひそ》めるでもなく、車内は相談する声が飛び交う。

ふと視線に気づき顔を向けると、光羽が須美子を見て物問いたげに首を傾げていた。だが、須美子は、笑顔で首を振る。隣の育代はというと、「あなた友也くんじゃないの？本当？　どこが違うの？」と、後ろから覗き込み真剣な顔で首を傾げているのが、須美子にはおかしくてたまらなかった。

「……はい、では残念ながら時間切れです。正解は……皆様、あちらをご覧ください！」

宿の駐車場には一同が乗っているバスと同型のバスがもう一台駐まっていた。

「え、まさか！」

「嘘だろう！」

久保と南の素っ頓狂な声が響く。

「はい。実はバス自体も昼食会場までと、ペンションから出発する際に、別の車体に入れ替わっていました」

「ああ、そうだわ！」

不意に早苗が感嘆の声を上げた。

「どうしたんだい急に？」

磯崎が驚いて訊ねると、「たしか車が二つで『轘《エキ》』という漢字を見たことがあったのよ」と答えた。

「ほう、そうなのかい？　わたしは車三つの『轟』しかしらないよ」

「ええ、日本では使われていないかもしれませんけどね、あるんですよ、そういう漢字が」

さすが、元教師だな、そんなことまで知っているとは――と須美子は感心した。

「えー、分かるわけないよ。だって同じバスじゃないか。あっ！　そうか。もしかして運転手さんも変わっていたとか？」

　南が、見逃してしまったかといわんばかりに悔しげな声を上げた。育代は首を伸ばして運転席を確認しようとするが、後頭部がチラッと見えるだけだろう。

「いえ、運転手の松重は変わっていません」

「いやいや、それじゃあ、気づける人なんていないでしょう」と余程悔しかったのか久保がクレームのような言い方をした。しかし光羽にはこれも想定内だったとみえ、落ち着いて応対している。

「そうですよね、申し訳ございません。実はわたしもこの間違いについては、難しすぎるかなと思ったのですが、同じ車種でもエンジン音や振動など、わずかに違うという話を聞いたことがあったので、試験的な意味を込めて挑戦していただきました。でも、答えを知っているわたし自身、違いがまったく分かりませんでした」

　そう言ってから光羽は、再度「考えが至らず申し訳ございませんでした」と深々と頭を下げた。

「あ、いえ、試験的と言いますと？」

　溜飲が下がったのか久保が落ち着いたトーンで訊ねた。

「実はこの間違い探しは来年のミステリーツアーに活かせないかと考えておりまして、今回の反省を踏まえて改善していきたいと思っております。ですので、久保様をはじめ皆様のご意見、非常に参考になりました。ありがとうございました。あ、最後のプレゼントですが――」と一瞬言葉を止めて、光羽がまた須美子に視線を送った。

須美子は光羽の心中を瞬時に察し、両手の人差し指で小さくバツを作って見せる。

「――えーと、夕食のときのじゃんけん大会に持ち越しということでいかがでしょう」

「やった！　ねえ、須美ちゃん、わたしチョキには自信あるのよ」

育代はよく分からない自信を見せて喜んでいる。

車内からも同意の拍手が起こり、一応全員が納得した格好に収まった。

バスはペンションの駐車場へ滑り込み、ギアがパーキングに入った気配と共に、ドアが開いて一人の子どもが乗り込んできた。

和也が立ち上がり、同じ顔の少年と狭い通路に体を押しつけるようにして並び立つ。

「皆さん、こんにちは。ぼくが友也です」

「こんにちは。ぼくが和也です」

二人はまったく同じ服を着て、同じ靴を履き、同じ顔で笑った。

「これはこれは」「本当にそっくりね」と驚く乗客たちに、光羽が解説を加えた。

「ちなみに、友也くんと和也くんのお父さんはあちらのバスの運転手でもあります」

「一家全員でグルだったってことか」と南が言い、「しかし、双子トリックって、本当に実現可能なんだな」と久保が感心している。どうやら二人はミステリー小説のファンらしく、何人かの有名推理小説家の作品を列挙して、「双子トリック」について検証しているようだ。軽井沢のセンセの名前も出るのではないかと、須美子はびくびくして耳をそばだてていた。

育代は光羽に「全部知っててお芝居してたってことよね。光羽ちゃん、女優さんになれるんじゃない」と、みんなとはピントのずれた所を褒め、光羽を赤面させている。

「とんでもない、わたしのせいで台無しになるんじゃないかとはらはらし通しでした。でも、皆様に楽しんでいただけたようで良かったです」

「本当に楽しかったわ。あの子たちもすごいわよね。本物の子役さんかしらって思ったわ。ほら、あれ、男の子じゃなくて女の子だったけど、昔見た『ふたりっ子』を思い出しちゃった」

「『ふたりっ子』ですか？　聞いたことあるような……」

「NHKの朝ドラよ。マカレナちゃんっていう双子の女の子たちが出てたじゃない」

「ああNHKの……ん？　育代さん、マナカナちゃんじゃなかったでしたっけ？」

須美子の訂正に、「あれ、いまわたしなんて言ったかしら？」と育代は首をひねってから、「とにかくね、可愛くて仲のいい姉妹なのよ」と続けた。

「いいですよね兄弟や姉妹がいるって。わたしはひとりっ子なので、あんなに仲のいい兄弟がいつもそばにいるのってすごく羨ましいです」

光羽も目を細める。

「欲で太りし者から奪い」

「貧しき者を救済す」

「仲間を増やして」

「いざ進め」

寸分狂わぬタイミングで「怪盗レンジャー瞬！」とポーズを披露する友也と和也を見て、参加者たちは一様に微笑んで温かい拍手を送った。

5

バスの時計は十四時五分を指している。

「皆様、お疲れ様でした。バスでの観光はここまでです。ここからは自由行動となります。ペンションでまとめて借りてある電動アシスト自転車もご利用いただけますので、軽井沢観光の続きを楽しんでください」

光羽は解散を告げ、一人ずつに「お疲れ様でした。行ってらっしゃいませ」と頭を下げ、下車する客を見送っている。

久保と南、一人参加の花山はさっそく自転車で出掛けていった。

野依一家もここからはプライベート旅行だそうで、徒歩で近くのバス停へ向かっていった。

磯崎夫妻は少し休憩してから出発するそうで、一度自室へ引き上げるとのことだ。須美子と育代もペンションへ戻り、リビングでこのあとの観光計画を相談することにした。

「さっきは驚いたわねえ。友也くんと和也くんにもだけど、まさかバスまで違っていたなんて！」

「そうですね」

バスのシートから包み込むようなソファーに座り心地が変わっても、育代の興奮は続いていた。

「わたし想像もしなかったわ。このためにわざわざ空のバスをもう一台用意したってことよね。まるで小説か映画みたいな大がかりなトリックじゃない？」

「来年のツアーでは、両方のバスにお客さんを乗せるんじゃないですかね」

「あ、そっか。昼食に行くときに貴重品は持って降りたし、荷物は全部ペンションに運んでくれてあったものね。車内も清掃するとかなんとか言っちゃえば分かんないのかも」

「そうでしょうね」

「……そういえば、白糸の滝に出発する頃から、須美ちゃんなんか変だったけど、もしかして本当は全部分かってたんじゃないの？」

　いつもはとぼけたようなことばかり言っている育代だが、ごく稀に鋭い直感を発揮することがある。油断していた須美子は、育代の猜疑に満ちた双眸《そうぼう》に見つめられ、思わず狼狽した。

「えっ？　な、何を言ってるんですか育代さん。さっきまでちょっと車酔いして調子が悪かっただけで……ああ、だいぶよくなった気が……」

　首を回して咄嗟に言い訳の続きを考えていると、そこへ玄関のドアが開き光羽が入ってきた。

「吉田さん、本当によかったんですか？」

　近づいてくるなり、光羽はそう言った。

「……！」

　マズいと思ったが、須美子が制止するより早く、光羽の次の言葉は口から飛び出してしまっていた。

「三つとも間違いに気づいていたのに……」

「ああっ！　やっぱりー！」

　育代はソファーから立ち上がると目を三角にした。

「……あ。す、すみません。小松原さんにも内緒でしたか……」

申し訳なさそうに、光羽の声は尻すぼみになる。

「ああ、いえ……えーと、育代さん、ごめんなさい……」

須美子はとぼけるのを諦め、育代に隠していたことを詫びると、「ただ、わたしが気づいたのは偶然ですし、それに目立つのはちょっと……」と続けた。

「うーん、ま、いっか。でもどうして、友也くんとバスが変わっていることに気づいたの?」と須美子に詰め寄った。

「それはですね——」

＊

「……吉田さん、ちょっとよろしいでしょうか」

他の参加者が付近にいないことを確かめ、須美子を売店の陰へ、有無を言わせぬ強さで引っ張っていく。野依親子は、その場でこちらの様子を窺っている。

須美子は一瞬、光羽に何かされるのではないかと身構えた。

それは自分が気づいた違和感に、須美子自身、恐怖に似た感情を抱いていたからだ。

これはなんのための仕掛けだろうか。自分がおかしくなってしまったのか。あるいは、このバスツアーがおかしいのかもしれない。バス会社も乗客も、皆がグルになって自分を騙していたのではないかと、そのときの須美子はそんな想像さえしていたのだ。だから、育代にも軽々には打ち明けられなかった。

「……あっ！」

そのときだった。

振り返った瞬間、きらりと光った光羽の髪留めを見て、須美子の不安は氷解し、一気に全容が見渡せた。

「髪飾りが二つ……そうか。なるほど、理義字の続きだったんですね……。これがサプライズ問題。ああ、わたしったら、早とちりでごめんなさい！」

このときようやくことの真相に気がつき頭を下げた須美子は、心の底からほっとした。

そして同時にそれを変に勘ぐって、子どもを相手に詰め寄った自分が無性に恥ずかしくなった。

「ばれちゃいましたね。吉田さん、こちらこそ騙すようなことをしてすみません。頭をあげてください。それより、あの……どうして分かってしまったんですか？」

野依親子も須美子と光羽がペコペコやりあう様子を見てようやく表情を緩め、理由を聞きたそうに近づいてきた。

「実はきっかけは友也くんの指だったんです」

「指？」

「はい。友也くん、高坂サービスエリアの手前で、バスジャック犯……怪盗レンジャー瞬っていうんでしたっけ、その真似事をしていたんです。おもちゃのピストルを持ってこう、わたしたちの目の前に突き出して――」

須美子はそのときの友也をまねて見せた。

「……」

須美子以外の三人は、それがどうしたのかという顔をしている。

「それが、さっきペンションを出発したあとに見た友也くん……じゃない、この子の人差し指の爪が、長くなっていいたんですよ……」

「あ……」

気がついたように声を出した少年は、「……ごめんなさい、お母さん。ぼく、爪、切り忘れちゃった！」と、ペロッと舌を出した。

「そんなことで、気づいたんですか」

光羽と園子の大人二人は驚愕の表情を浮かべている。

「ああでも、実は東京を出発してすぐのころから、野依さんはバス会社の方で、友也くんも乗客の情報を知ってるんじゃないかなとは思っていたんです」

「え？　どうしてですか……」

パチクリとまばたきして、光羽が訊ねる。

「わたしと育代さんが親子でないことを、初めから知っていたように感じたんです。育代さんが花屋さんだっていったとき、わたしに『お姉さんも？』じゃなくて『じゃあお姉さんは？』って聞いてきたので——。そのときは、どこかお勤めに出ているとか、結婚して別に住んでいると思ったのかなって考えたんですけど、その後、友也君がわたしのことを『須美子お姉ちゃん』って呼んだんですよね」

「え？　だって須美子お姉ちゃんでしょう？」

少年は不思議そうに首をかしげた。

「そうよ。わたしの名前は吉田須美子。でもあのときわたしはまだ名乗っていなかったし、育代さんはわたしのことを『須美ちゃん』って呼ぶでしょう。だからスミコじゃなくて、スミとかスミエとかスミヨかもしれないのに、なんのためらいもなく須美子お姉ちゃんって呼んでくれたことで、あれ、もしかして最初からわたしたちのこと知ってたのかな……って思って」

「じゃ、じゃあバスは？　どうして違うと思ったのですか？」

須美子の推理に驚きつつも、一刻も早く理由を知りたいといったふうに光羽がせき立てる。

「座席のシートの模様です」

「模様？」

「はい、このバスのシートって青系の混じり合った柄の上に、ピンクや黄色い線がランダムに飛び交っているじゃないですか。育代さんはお花に譬えていましたけど」

「え、ええ。それがどうしたんですか？」

「その模様が、変わっていたんです」

「……模様？　えーと、二台とも同じじゃなかったでしたっけ……あ、いや、少しずつ違うかな。えっ！　ちょ、ちょっと待ってください。まさか吉田さんは、最初に乗ったバスのシートの模様を細かい部分まですべて覚えていたってことですか⁉」

光羽は素っ頓狂な声を上げてその驚きを表現した。

「まさか！　わたしはそんなに記憶力が良くはありませんよ。ただ、最初のバスでは、模様がわたしの前のシートと隣の育代さんの前のシートと繋がって見える部分があって印象に残ってたんです。だから、さっきペンションからバスに乗ったとき、目の前に見える模様がずれているように感じて、なんか違うなって……。でも、最初はわたしの勘違いかなと思おうとしたんです。けど、証拠が残っていたんです」

須美子は育代が日下部から借りてきたカメラを差し出した。

「最初に育代さんが間違えてシャッターを押したときに、偶然、前の座席が写っていたんです。ですからこれは育代さんのファインプレーですね。それでバスごと変わっているんだって確信できたんですから」

そもそも閃《ひらめ》いたきっかけも、育代が車酔い防止のため、掌に二回「車」と書いて飲み込む話をしていたときだった。そして、光羽が小型バスは二台あると話していたことを思い出したのだ。

「はあ……」

感嘆ともため息とも取れるような声を吐き出してから、光羽は「吉田さん」とまた真剣な顔を向けた。

「……あの、たいへん申し訳ないのですが、このあと、バスの中で問題を出す予定ですので、それまで内緒にしていただけませんか？」

「ええ、もちろんです――」

*

「――そういうことだったの。すごいわ、よく分かったわね須美ちゃん！」

「ですから偶然ですよ……でも、育代さんが撮った写真があったからですし、代わりに育代さんに答えてもらえばよかったんですよね……すみません」

「ううん。そんなの須美ちゃんじゃなきゃ分からなかったし、わたしが答えるのはズルになっちゃうもの」

「あの、せめてプレゼントだけでも――」

光羽は申し訳なさそうにそう言ったが、須美子は「お気持ちだけで充分ですよ」と首を振った。

「でも南さんも言ってたけど、運転手さんも替わってもよかったんじゃない？　まあ、それでもわたしは気づかなかったかもしれないけどね」

「実は最初は運転手も交代して、乗り降りの際に気づいてもらおうと思ったんです。でもそうすると、友也くんと和也くんのどちらかが、お父さんともお母さんとも別のバスに一人だけになってしまうので――」と続けた。

「ああ、そうか。運転手のお父さんと、乗客役のお母さんとお子さんの三人が一台に揃っちゃうのね。そうなると、一人は松重さんのバスになっちゃうのね。それは可哀想ね……って、あ、松重さんが悪い人とかそういうことじゃないのよ」

育代が誤解しないでねと、両手を顔の前でブンブンと交差させる。光羽は小さく笑ってから続けた。

「それで、バスだけ替えることになったんです。ですから、正直分かる方はいないかなと思っていたんですよ。実はこの企画はまだ実験段階で、導入するかどうかも決めかねているんです。社長の林はバスと双子の入れ替えなんて面白いじゃないかとわたしのアイディアを褒めてくれたんですけど、運転手の松重は難しすぎるだろうって。実際、うまくいくものなのか、それに、そもそも気づく人がいるのか自信がなくて、先ほども申し上げましたが、今回、試験的に実施してみよう——と。それが、吉田さんには出題する前にバレてしまって……。分かってもらえたのは良かったのですが、なんだか自信がなくなりました」

肩を落とす光羽に育代は自信満々の声で「大丈夫よ」と言った。「他の人は分からなかったじゃない。名探偵の須美ちゃんだから解決できただけよ！」と励ます。

そして「やっぱりわたしに名探偵は無理だわ。これからは助手を務めるから、よろしくね」と須美子に向き直った。

「違いますってば。わたしは名探偵なんかじゃないですからね。もう、育代さんたら、何度も言ってるじゃないですか」

須美子は慌てて否定するが、光羽はそれを聞いているのかいないのか、思い詰めた表情になって、遠慮がちに口を開いた。

「……あの、吉田さん。個人的なことなんですけど、相談に乗ってもらえませんか？」

「何々、別の問題かしら。任せてちょうだい」

さっき助手を目指すと言ったばかりだが、育代はまた自分が名探偵のように胸を張った。

「あの光羽さん、わたし本当に名探偵なんかじゃありませんし、たまたま当たっただけですから……」

須美子は顔の前で両手を振った。

「それでも吉田さんに聞いていただきたいんです！」

「………」「………」

光羽の真剣な口調に、育代と須美子は顔を見合わせる。

「——実は相談というのは亡くなった母のことなんですけど……」

第三章　おもいでの軽井沢

1

「……亡くなったお母さん？」

光羽の言葉を聞き、須美子の頭に疑問符が浮かんだ。

「……でもその三日月の髪飾り、お母さんからもらったって……」

育代も気づいたらしく、光羽に問いかける。

「それは本当です。これ、母の形見なんです」と髪飾りに手をやってから、光羽は続けた。

「子どもができたら名前に『朋』という字をつけようって思って二十代の頃に母が買ったものだと祖母から聞きました。ですが、そのあと子どもどころか結婚もしないまま三十になり、四十になり、そして詳しいことは知らないのですが、四十一歳のときにわたしを産んですぐに病気で亡くなってしまったそうです。しかもですよ、結局、わたしの名前は

『朋』なんてつかない、『光羽』っていう名前を用意していたそうなんです。いい加減な母ですよね」

淋しそうに光羽は笑った。

「……光羽ちゃん、さっきはごめんなさいね。何も知らずにわたし、お母さんにとっても素敵ねって伝えてなんて言っちゃって」

体を小さくして育代が頭を下げる。

「そんな、気にしないでください。隠してたわたしが悪いんですから。せっかくの楽しいツアーで母が亡くなっているなんて言ったら、皆様のテンションを下げてしまうと思って、変な言い方をして申し訳ございません」

「気を遣ってくれたのよね。ありがとう」

「あ、それと母はシングルマザーで、わたしには父がいないんです」

ついでのように、あまりにもあっけらかんと言われたので、須美子も育代も言葉が出なかった。

「ですが、べつに、そのせいで特別不幸だって思ったことはないんです。祖父母がわたしの親代わりでいてくれましたしね。まあ、祖父は昔気質の人で、頑固で厳しい性格でしたから、子どものころはとても怖かった記憶がありますけどね。……特に両親のことを訊くと途端に機嫌が悪くなるので、成長するに従って、ああ、訊いちゃダメなことなんだなって、その話題は避けるようになりました」

場が暗くならないように、光羽は明るい口調で話し続ける。「祖母は優しすぎるくらい優しくて祖父の言いなりでした。祖父の機嫌が悪くなることはできないからって、祖父のいるときは娘である母の話もしませんでした。わたしを産んですぐに病気で亡くなったことは教えてくれましたが、父のことは何も。高校生になったころ、祖父が母の結婚に反対したから、母がわたしを一人で産んだんだってことだけは聞かされました。ごめんねと涙を浮かべる祖母に、それ以上は何も聞けませんでした」

口角を上げる光羽は一見、笑っているように見えるが、須美子には無理して作っている表情に感じた。

「一年前に祖父が亡くなって、祖母と遺品の整理をしていたときに、かなり注意深く父親の手がかりになるものがないか家の中を探してみたのですが、何も見つかりませんでした。写真も手紙も何もかも、母が亡くなったときに祖父が捨ててしまったのかもしれません。でも、代わりに母のパズルのネタ帳を見つけました。――わたしの母、生前はパズル作家で、結構活躍していたらしいんですよ」

光羽は少し誇らしげに胸を張った。

「あ、じゃあもしかして、バスの中で言ってた答えの分からない軽井沢の問題って」

育代の言葉に須美子も車中で聞いた話を思い出した。

「はい、母が作った問題です」

「そうだったの。あ、パズル作家って言ってたわよね。それってあれかしら。閉じ込められた部屋で謎を解いて、脱出するゲームを考えるような人？」

育代は最近流行っているのよね――と、付け加えて訊ねる。

「いえ、あんなすごい仕事は当時はなかったんじゃないかと思います。主に雑誌に載るパズルやクイズを作っていたようです。短大を出て二十歳過ぎからパズル作家を始め、二十年以上第一線で活躍していたって祖母が言ってました。空いた時間はプログラマーの仕事も請け負って二足のわらじでやっていたそうなんですが、プログラマーのほうはわたしを産む少し前に辞めたそうです。これからは好きなパズルの仕事一本でやっていくんだって」

「光羽ちゃん、お母さんの血を受け継いでいるのね」

「いえ、それが、わたしは才能がないみたいで……。ネタ帳にあった母の問題に挑戦してみたんですけど、答えが分からないものばかりでした」

悄気《しょげ》た光羽は雨に濡れる捨て犬のようだ。

「そんなことないわよ。お相撲さんの問題、面白かったわよ。ねえ須美ちゃん！」

「ええ、さっきの間違い探しも光羽さんの発案ですよね。どっちもドキドキしましたし、楽しかったですよ。きっと、謎を作る才能と解く才能は別物なんですよ。きっとお母さんも、光羽さんが作った問題は解けなかったかもしれませんよ」

須美子がそう言うと、「……ありがとうございます。そうですよね、そうかもしれません」と元気を取り戻したようだ。

「チラシの理義字の問題は、わたしが一番気に入っていた母の問題をアレンジして、イラストを描いて作成したんですが、間違い探しの問題はオリジナルです。そして、バスの車中でお出しした軽井沢の暗号は、母の最後の問題でした。母のネタ帳は何十冊もあったのですが、最後の一冊に書かれていた年代が、わたしの生まれる直前であることに気づいたんです。その最後のノートがこれなんですけど……」

光羽は大きめのショルダーバッグに詰め込まれたポーチや日傘などの隙間からB5判の大学ノートを取り出し、須美子と育代に見せた。

パラパラとめくるノートには左のページにメモがごちゃごちゃと書いてあって、右のページに「問題」という文字と枠で囲まれた問題文、その下のほうには「解答」の文字と答えが小さく清書されていた。

「このとおり、他のページにはきちんと書かれているのですが、最後の問題だけは答えが書かれていないんです」

手を止めたページは何度も開いたのだろう。跡がついていてすぐにそこと分かった。右ページに「問題」と問題文は書かれているが、たしかに「解答」という文字だけで、その下はぽっかり空いている。

「実はわたし、この最後の問題が、わたしの父親と何か関係があるんじゃないかと思っているんです。それで……あの、勝手なことを言っているのは承知の上で、お願いします。理義字の問題だけでなく、友也くんたちやバスの入れ替わりをすぐに見抜いた吉田さんのご慧眼《けいがん》、本当に驚きました。そのお力を見込んで、どうか父を……わたしの父を見つけるために、吉田さんに母が作った謎を解き明かしていただきたいんです」

「――!!」

須美子はあまりのことに言葉を失った。

「……わたしは父のことを何も知りません。祖母は結婚の挨拶に来たときに一度会ったことはあるらしいんですけど、顔もはっきり覚えていないって言ってました。というのも、お茶の準備をしているとき、玄関から祖父の怒鳴り声――祖母は大噴火って言ってましたけど、それが聞こえてきて、慌てて顔を出してみたら、もうその人は家からたたき出されたあとだったそうなんです」

「何があったのかしら?」

「それが、『お前が生まれたときにはもう――』って言うのは聞こえたそうなんですけど、そのあとは聞き取れなかったそうなんです。拳を握りしめて顔を真っ赤にした祖父が、泣き崩れる母の横で玄関のドアを睨みつけていたと、祖母は言ってました」

「……お祖父様は光羽ちゃんのお母さんが生まれたときのことを思い出して、お嫁に出すのが嫌だったのかもしれないわね」

育代が分からなくはないといったふうにうなずく。

「……はい。わたしもそう思いました。祖父は気難しくて、怒り出すと手がつけられない人だったので、きっと相手の男性が気に入らなかったのだと思います。それで訳の分からない理屈をこねて追い返したのだと……。その直後、妊娠が発覚したらしいのですが……結局母は亡くなるまで、祖母にも、相手の男性の名前も話さなかったそうなんです」

「そうなの……」

育代は光羽の母だけでなく、祖母の苦労にも思いを馳せているようであった。

「……あの、どうして、この問題がお父さんと関係があると思ったんですか？」

ただクイズの謎を解くということではなく、光羽の父親に繫がるかもしれないという重責に簡単に言葉を挟めなかったが、須美子はそもそもの疑問を口にした。

「ここを見てください」

光羽が指さしたのは、答えの書かれていない「解答」の欄だ。よくみると、隅っこに小さく何か書かれていた。

「あら、ハートマーク」

「はい。このページにだけ書かれているんです。だからもしかして……って、ただの勘なんです。おかしいですよね」

そう言って笑う光羽に、須美子は同じ「光」の字がつく光彦の爽やかな笑顔を思い出した。

『すべての推理は勘から始まるんだよ』

以前、もっともらしい顔を作って光彦がそう言ったことがあった。そして、光彦は実際、その勘を手がかりに、いくつもの難事件を解決していることを須美子は知っている。だから、科学で説明のできない人間の第六感を、須美子は頭から信じることにしている。

「分かりました。わたしは名探偵ではありませんし、その問題を解決できるかどうか自信はありませんけど、できる限り協力します」

「え……」

「わたしもよ」

育代は光羽を勇気づけるように言った。

「……吉田さん、小松原さん。ありがとうございます」

ゆっくりと深く光羽は頭を下げた。

「あの、そのことって、会社の方々はご存じなんですか？」

「え？　どういうこと？」

須美子の言葉に育代は首を傾げる。

「いえ、答えが分からないということを光羽さんが社長さんに報告したとき、お父さんに関係している問題かもしれないということも話したのかなと思いまして」

「いえ、言ってません」

「運転手の松重さんはご存じですよね？」

「え、ええ。どうして、それを……ああ」

光羽はペンションを出発する直前に、須美子に松重と話しているところを見られていたことを思い出したようだ。

「実はこの企画が通ったあと、松重に『何か隠しているだろう』と言われて伝えました。叱られて社長にも報告されるだろうと思ったのですが、ただ一言『そうか』と言われ、そのままなんのお咎めもなく……。ただ、いざ今日を迎えてちょっと弱音を吐いたら、『お客様に楽しんでいただくのが第一義なんだからそれを忘れるな』って叱られちゃいました。それに『答えはお前が望むようなものじゃないかもしれない。期待しないほうがいい』とも」

「まあ、冷たいわねね」

育代は頬を膨らませる。光羽はそんな育代を見て少し笑ってから、まなじりを決して言った。

「でもわたし、諦めたくないんです。――最近になって祖母が思い出してくれたことなんですけど、母はプログラマーの仕事を辞めた直後、一か月間、自分へのご褒美だと言って旅に出たらしいんです」

「あ、それが軽井沢なのね」

育代は人差し指を立てて言う。

「いえ、祖母ははっきりとは覚えていないそうで……。ただ、たしか長野だったと思う――と言ってましたから、わたしはそれが軽井沢だったんじゃないかと思っているんです」

「なるほど。それで、よりいっそう『軽井沢。不在の証。宝は登山の下、火山の上』という問題が、お父さんに関係があるんじゃないかと思ったんですね?」

須美子が納得したように訊ねる。

「そうなんです。父は軽井沢にゆかりのある人物ではないかって。これもただの勘なんですけどね」

光羽は白い歯をこぼしたが、須美子にはそれがまるで泣き顔のように見えた。

2

「よし、じゃあまずはこの問題を解いちゃいましょう!」

育代は力強くそう宣言したあと、「――で、須美ちゃん、どう解けばいいかしら？」と言った。

須美子は肩をすくめたあと、件《くだん》の問題が書かれたページにあらためて視線を落とす。

軽井沢
不在の証
宝は登山の下、火山の上

軽井沢
不在の証
宝は登山の下、火山の上

温かみのある、綺麗な手書きの文字だ。

先ほどバスの車中で見せられたものは、これをパソコンで打ち出したものだろう。ディスプレイで見たのと同じように、「登山」と「火山」の上に、山を表しているのだろうか、「へ」の字のようなものも描いてあった。

須美子は右手のげんこつを顎に押しつけて唸った。

「そうですねえ……パッと思いつくのは共通して付けられる漢字を探すことでしょうか」

須美子は自分のバッグからメモ帳を取り出し、ペンを構えた。わくわくした顔で見つめている育代に説明しながら文字を書く。

「共通して付けられる漢字？」

「はい。そうです。たとえば洋服の『洋』と『服』なら、上に『和』という字を付けると、それぞれ『和洋』と『和服』と二つの熟語ができますよね」

「ああ、なるほどね」

「この『登山』の場合、『登』が下にくる熟語って『能登』とかでしょうか。それだと、『山』のほうは『能山』になりますけど……。まあどこかにありそうな山ですが、なんか変ですよね。それなら、「へ」の字のようなものは上についてますけど、『登山の下』というのを踏まえて、『登』と『山』のそれぞれ下に共通してつく字を探すと……こんな言葉ありませんでしたっけ？」

須美子は登と山の下に「坂」と書いて「登坂」、「山坂」とした。

「ああ、なんかありそうね。じゃあ火山のほうは上につく漢字を探すのね」

「はい。火山のほうは『小』とか『下』とか付けられますね」

「えーと、小さい火って『小火《ぼや》』って読むんだっけ？　それに『小山』。こっちは『下火』『下山』。ちゃんとした言葉になってるわね。でも、それで何が分かるの？」

育代は遠足の前日の子どものような目をして訊いた。

「それでくっつけた文字のほうを繋げて読んでみて、意味がある単語になる組み合わせを探します。『坂』と『小』で『坂小』……どこかの小学校の略称とかではありそうですが、しっくりこないので『坂』と『下』のほうを繋げて『坂下』――」

「すごいわ、須美ちゃん！」と育代は手放しで褒める。うなずいて見守っている光羽は、この方法はすでに試したのかもしれない。

「待ってください。これ、たぶん間違いですから。この考え方だと、クイズの答えとしてはおかしいと思いませんか？」

「え、違うの？　軽井沢に住んでる坂下さんっていう人か、坂の下に住んでいる人が光羽ちゃんのお父さんなんじゃない？」

育代は満足げな表情だ。

「いえ、ダメなんです。いまは、『不在の証』の部分を完全に除外して考えてしまいましたから。必ずこれも合わせて答えを導き出さなければならないはずです」

おそらくこの問題には、光羽の作った「理義字」のように、謎が解けたとき膝を打つような答えが用意されているはずなのだ。何しろ、二十年のベテランパズル作家が作った問題なのだから。

「そうなの？　いいセンいってると思うんだけど……」

育代は心底がっかりしたように須美子の顔をのぞき込んだ。

「解き方は他にも考えられます。登山と火山の上の『へ』の字のようなもの、これに注目するんです。これが共通した漢字を探せという意味ではなく山の形を表しているとしたら、『軽井沢』から見える火山といえば浅間山、登山のほうはその隣の山を表しているのかもしれません」

「隣って……？」

「……」

光羽は何か知っているようだが、あえて口を出さずに見守る姿勢だ。

「軽井沢のことはよく知りませんので、後でサイクリングマップで調べましょう」

「ところで、この走り書きはなんなのかしら？」

左側のページの上端に三行、走り書きのような小さな字が並んでいた。

本当の軽井沢は終わりじゃない
白い風見鶏はわたし
洪水の話

「……他のページの問題をみると、左側のページに書かれているのは着想のヒントとか覚え書き、試作した問題が多いようですね」

そのページは、たくさん書き込みがある他とは違って、その三行以外は書かれていない、ほとんど白紙のページだ。「『軽井沢』という言葉が出てきますし、この問題と関係があるのは間違いないと思いますが――」

眉間に皺を寄せて黙り込む須美子に、育代は助け船とばかりに提案する。

「ねえ、この走り書きについても、他の人たちに教えてあげて、光羽ちゃんのお父さん捜しに協力してもらったらどうかしら。皆さん、謎解きが好きな方ばかりだし、三人寄れば文殊の知恵っていうけど、全員で考えたらもっと良い考えが浮かぶんじゃないかしら」

「……」

光羽が下を向いてしまったのを見て、須美子が気持ちを代弁した。

「光羽さんは不安なのではないですか？　この謎を解けばお父さんのことが分かるかもしれない。でも、自分のプライベートなことに、これ以上お客さんたちを巻き込んでしまっていいのだろうか――と」

「あらぁ、そんなの気にしなくていいわよ。それよりお父さんが見つかるかもしれないのよ……」

育代は以前から光羽と知り合いだったらしいし、そうでなくても育代の性格ならそう言うだろうと須美子は思っていた。だが、他の参加者たちは違う。それに必ずしもよい結果になるとは限らない――。そんな須美子の心配を、光羽自身が口にした。

「すでに今回のこの企画は公私混同して皆様を利用するようなことをしているわけですし、それに、運転手の松重も言っていましたが、結果は望むものじゃないかもしれません。感動の再会なんて夢のまた夢。普通に考えたらお腹に子どもがいる母を捨てたろくでなしの父親です。そもそも、生きているかどうかだって分かりません。ですから、皆様に気を遣わせるような結果だったら、どうお詫びしたらいいか……」

「だ、大丈夫よ、きっと……。光羽ちゃんのお母さんが選んだ相手だし」

「でもわたしは、その母のことさえ何も知らないんです」

光羽は淋しそうにうな垂れた。

「そう……そうよねえ。わたしの失言ね、ごめんなさい」

育代は素直に頭を下げた。

「あ、いえ、わたしのほうこそすみません。それに、そんなことを言いながら、吉田さんと小松原さんには迷惑をおかけするって分かっているのに、相談してしまって――」

「ううん、わたしたちはいいの。ね、須美ちゃん」

「はい」

須美子は力強くうなずいた。

「光羽ちゃんの心配はよく分かったわ。よし、こうなったら須美ちゃん、わたしたちだけでなんとしてもこの問題を解いて、光羽ちゃんのお父さんを探し出しましょう！　大丈夫よ。きっと良い結果が待ってる。これはわたしの勘よ！」

そう胸を張る育代を頼もしく思う須美子だった。だが、「……それに、名探偵・須美ちゃんに任せておけば大丈夫！」と、結局最後はいつものセリフを口にする育代に苦笑いを浮かべるのだった。

時計が十四時三十分をまわったころ、他の参加者に遅れること三十分、須美子と育代もようやく自転車に跨がった。

見送りに出た光羽を振り返って、手を振りかけた育代が「白い風見鶏！」と屋根を指さす。

「ペンション森の樹」の深緑色の屋根に、白い風見鶏がくるくると風を受けている。このペンションへ着いたときにそのことに気づいていた須美子は、先ほどの走り書きが、ここと関係がある気がしていた。

(軽井沢に同じような白い風見鶏が、他にいくつあるのかは分からないけど――)

光羽もまた、このツアーの宿泊先にこのペンションを選んだ理由は、そこにあったのではないか――。

須美子が想像した矢先、光羽が風見鶏を見上げる二人のもとへ駆け寄ってきた。

「そうなんです。事前の下見で軽井沢に来たときにこの風見鶏を見つけて、なんだか運命的なものを感じたんです。他にもあるのかもしれませんけど、なんだかビビッときて……お二人も何か関係があると思いますか？」

「オーナーの小沢さんには話してみたんですか、お母さんのこと？」

須美子は答える代わりに訊ねた。

「ええ、一応、昔の写真を見せて訊ねてみたんですけど、小沢さんも奥様も知らないそうです。名前で調べてもらおうと思ったんですけど、少し前に古い宿泊名簿をまとめて処分してしまったそうで……。そのときは下見の途中だったこともあり時間もあまりなくて、仕事の話に終始してしまったのですが、今回は時間を見つけてもう一度、お訊きしてみようと思っています」

「そうだったの」

育代の声に「はい」と答えてから光羽は、「ただ、それよりも、純粋にこのペンションが好きになってしまって。なんだか、とても落ち着くんですよね。小沢さんご夫婦も良い方たちですし。だから、皆さんにもそれを味わってほしくて今回の宿はここにしました」と微笑んだ。「それに、これは内緒ですけど、実は来年のツアーにも使いたいって説明したら、今回の旅行にもタイアップしてくださったんですよ」

「あら、よかったわね。よし、じゃあ風見鶏のことはひとまず置いといて、わたしたちは軽井沢観光をしながら、宝の手がかりを探しに行ってくるわね！」

「よろしくお願いします」

頭を下げる光羽に胸をドンと叩いてから、育代は「任せておいて！」とガッツポーズをして見せた。そして両手を自転車から放したせいで「おっとっと」とよろけている。

「大丈夫ですか育代さん」

須美子が自転車にまたがったまま手を伸ばす。

「大丈夫、大丈夫。じゃあ行ってくるわね」

育代はそう言ってふらつきながら自転車道を漕ぎ出し、須美子も「行ってきます」と言って、その後ろを心配しながらついて行く。

「いってらっしゃいませ！　お気をつけて」

光羽は大きく手を振って須美子たちの出発を見送った。


「電動アシスト自転車って快適ねえ。こんなに脚の力がいらないものなのね。すいすい進むわ」

「本当ですねえ」

二人とも電動アシスト自転車に乗るのは初めてだったので、最初はおっかなびっくりだったが、慣れるとこれほど楽な乗り物はない。少しの上り坂なら平坦な道と同様の力で登れるし、心地よい春の風を頰に感じながら走る軽井沢のサイクリングロードは、快適そのものだった。

参加者に配られたガイドブックは、光羽が事前に下見した際の情報を元に手作りしたという。細かなポイントまで書き込まれていて、どこへ行こうかと迷ってしまうほどだ。

ペンションの前の道は女街道、通称「妖精通り」というそうだ。磯崎夫妻はこのあたりもずいぶん開発されてしまったと言っていたが、どうしてどうして、東京の景色に比べれば、いかにも妖精が棲んでいそうな森が随所に残っている。

「わあ大きい、あれが浅間山よね！」

「そうですね！」

先を行く育代が、振り返らずに大声で須美子に呼びかけたのに、負けじと須美子も大声で返す。右手の建物の向こうに、細い噴煙を上げた雄大な姿が見てとれる。

所々に脇道はあるが、ほとんど一本道のサイクリングロードを、高原の風を味わいながら一・五キロほど進む。小さな坂を上り、そして少し下ったところで、ようやく一つ目の信号を見つけた。東京だったら三つか四つあってもおかしくない距離だ。赤信号で自転車を止め、ペンションを出てからはじめて地面に足をつけると、隣に並んだ育代が早くも休憩を訴えた。

交差点は風越《かざこし》公園という複合施設の名を冠しており、サッカーや野球ができるグラウンドにテニスコート、室内プール、アイスアリーナなどが集合した一角であった。

その中のアイスパークという施設にはカーリング場があり、年中、見学をしたり、初心者の体験レッスンなども行われているらしい。

「わたし、カーリングを一度この目で見てみたかったの。ちょっと早いけど、ここで少しだけ休憩しましょうよ」とアイスパークの敷地へと自転車を乗り入れた。

育代は以前、地元・北区にあるオリンピックの強化指定選手も使う練習場「ナショナルスポーツセンター」を見学に行ってからというもの、オリンピック熱が冷めやらぬようだ。

アイスパークの二階は「ふれあいホール」という広いロビーのような空間で、誰もが自由に出入りできるらしい。一隅にはカーリングに関する展示スペースも設けられており、育代の好奇心を存分に満足させた。

ホールの両側はガラス張りで、右側には育代の見たがっていた屋内カーリング場が、左側には屋外のローラースケート場とフットサルコートが見下ろせる。椅子やテーブルも配置されていて、自由に観戦できる仕様だ。掃除をしていた女性が言うには、屋外のローラースケート場とフットサルコートは、十一月半ばから二月半ばまでは、全面がアイススケートリンクになるらしい。

「すごい、すごい。本物だわ！」

ガラスにへばりつくように興奮して、育代はカーリングの練習風景を眺めた。

3

「――で、須美ちゃんは、どう攻めるつもりなの？」

育代は「ふれあいホール」に設置されたテーブルに、自動販売機で購入した紅茶を置くと、カーリングの戦術を問うかのように切り出した。

「そうですねえ、一番の問題は『不在の証』ではないかと思っています」

須美子はメモ帳に写し取ってきた文字を指さした。

「そうね、意味が分からないわね。なんなのかしら、いったい。『ただいま留守にしております』っていう留守番電話とか、『下ノ畑ニ居リマス』っていう宮沢賢治とかかしらねえ」

「あ、なるほど、そういう考え方もありますね。わたしはてっきり『不在の証』といえばアリバイのことかと思いました」

「アリバイってあの刑事ドラマとかでよく聞くアレ?」

「そうです。たしかアリバイは現場不在証明という意味だったと思います」

「へえ、さすが名探偵ね。アリバイがそんな意味だなんて知らなかったわ。じゃあ不在の証はアリバイだと仮定して、と」

育代は光羽からもらったガイドブックの端に「不在の証＝アリバイ」と書き込んだ。そして「わたしも助手として負けてられないわ。わたしは『登山の下』と『火山の上』の謎を解き明かして見せるわよ」と鼻の穴を膨らませ、メモを取り出しにらめっこをする。

「あっ、こういうのはどうかしら！　『とざん』の下で『ん』、『かざん』の上で『か』。

『かん』。さっき光羽ちゃんも勘のこと話してたけど、アリバイといえば名探偵。名探偵といえばやっぱり鋭い勘だもの！」

しばらくペットボトルの蓋を机の上でカーリングのように滑らせていた育代が、突然弾かれたように顔を上げると、ビシッという音が聞こえそうな勢いで、須美子を指さす。

「単に音だけで『かん』なら空き缶の『缶』や体育館の『館』かもしれませんよ？」

育代の差し出した指先を摘まんでそらしながら須美子が言うと、「うーん、そうね、じゃあ完全犯罪の『完』かも！」とおどけてみせる。育代はどこまで本気で言っているのか分からない節がある。

須美子は苦笑しながら、「そろそろ行きましょうか」と席を立った。


アイスパークから北へ向かう道は、光羽の作ったガイドブックにあるとおり湖までは下り坂で、二人は風をきってぐんぐんスピードを上げた。時々、不意に訪れる道路の段差に、前カゴの荷物が飛び上がって躍る。

坂を下りきった塩沢湖の前で育代がスピードを落とし、道路沿いの美しい苔庭の前で停まった。

木立の合間から見える湖。その向こうには浅間山を臨む、絶好のスポットだ。どこかに散り残っているのだろうか、五月も半ばだというのに桜の花弁がはらはらと風に舞い、木には芽吹いたばかりの若葉が輝いている。

「綺麗ですね。遅い春もとても素敵ですけど、夏は青葉、秋は紅葉、冬は雪景色。軽井沢って一年中、素敵なところなんでしょうね」と少しうっとりしていた須美子に、育代は突然、「浅間山って本当に今も噴煙が上がってるのねえ」と感心したように、今さらなことを言い出した。先ほど「妖精通り」を走っているときに見たはずだが、あのときは気づいていなかったのだろうか。

「え、ああ……そうですねえ。えーと、全国百十一の活火山の中でも火山防災のために監視・観測体制の充実等が必要な火山に指定されていて、地震計や観測装置で二十四時間火山活動を監視している——そうですよ」と光羽のガイドブックを読み上げた。

「火山が浅間山のことだとしたら、登山はどこかしらね……」

育代は珍しくキリッとした思案顔をして、バッグから自分の分のガイドブックを取り出し、広げた。

基本的には軽井沢の地図なので、市街地から遠く離れた浅間山のイラストは、あくまでオマケのような扱いで左上の隅にちょこんと描かれているのみだ。

「あ、ここ見て須美ちゃん！　離山《はなれやま》は気軽な登山にオススメって書いてあるわ」

育代は浅間山の右下のほうに書かれた、台形の山を指さす。

「本当ですね。じゃあ、登山を表すのが離山で、火山は浅間山でしょうか」

「きっとそうよ！　えーと、だとすると離山の一番下の文字は『ま』でしょ、で、浅間山の一番上が『あ』。答は『まあ』よ！」

「………」

須美子が黙っていると、育代は自分で言ったくせに「『まあ』って何？」と訊いてきた。

「さあ、なんでしょう？」

「理義字みたいにわたしの知らない意味があるのかしらね」

「まあ、それはないと思いますけど」

「……須美ちゃんそれ、もしかして駄洒落？」

須美子も我ながらくだらないことを言ったと咳払いでごまかし、「そもそもこの地図を作ったのは光羽さんですし、登山にオススメと書いた時点で光羽さんも浅間山と離山についてはいろいろ試したと思いますよ。光羽さんのことですから辞書で調べているとも思います」と付け加える。

「……そうよね」

さっきまでの凜々しい顔は消え去り、しょんぼりとハの字に眉を下げた。

育代の落胆ぶりを見かねて、少し言い過ぎたかしら——と何かフォローしようかと考えたが、直後「まいっか。あ、須美ちゃん、あれが離山かしら？」と、育代はすぐに眉尻を上げた。

ころっと表情を変えて、浅間山の西側、湖の向こうの森から少しだけ頭を覗かせている山を指さす。この切り替えの速さは、少し見習いたいものだと須美子は常々思っている。

「違うんじゃないですか。離山は浅間山の東に見えるみたいですから、ここからは見えないみたいですね。ええと……あの山のことは書いてないみたいです」

光羽のガイドブックを確認して須美子が答えた。

「わたしちょっと聞いてくるわ」と育代はその場に自転車を駐めて駆け出した。

「え？　育代さん、ちょっと待って……ああ、もう行っちゃった」

普段から立ち仕事の客商売をしているだけあって、育代は時々、そののんびりした雰囲気からは想像できない機敏さを見せる。どうやら苔庭にイーゼルを立てて、その絶景を描いている人に訊ねるようだ。

「すみません、こんにちは。あの浅間山の隣の……」

育代は話しかけながら近づいていき、男性の描いている絵の中の山を指さして訊ねているようだ。須美子には決してできない行動だ。よく言えば人懐こいといえるが、人によっては図々しいと感じるかもしれない。

男性は突然話しかけられて面食らったようだったが、怒っている様子はなかった。少しだが、笑顔を見せて何やら答えて立ち上がると、膝に掛けていた黒っぽいジャンパーが落ちるのも気にせず山を指さして説明してくれている。

須美子の位置から長い前髪で隠れていることもあり顔はハッキリとは見えないが、チェックのネルシャツにジーンズという服装から、光彦と同じ位の年頃だろうかと想像した。

（身長は坊っちゃまより大きいわね）

三十三歳になる光彦は、浅見家で一番背が高い。だがそれでも確か、一七八センチくらいだったはずだ。この男性はひょろっと痩せているが一八〇センチ以上あるだろう。それこそ育代と並ぶと、大人と子どもくらいのバランスだ。

二言、三言、会話を交わしたあと、育代はその男性に礼を言い、首を傾げながら戻ってきた。

「どうしたんですか？」

「あの人、背が高いじゃない。だからわたしが『大きいのね』って言ったら、『昔は大きかったのねと言われたことがありますよ』って笑ったの。昔はもっと大きかったってことかしらね……」

そう言って反対側に首をひねる育代だったが、「そうそう、あの山は剣ヶ峰《けんがみね》っていうんですって。あの人の絵にもぴょこんて描かれてたわ。まだ半分くらいしか色はついてなかったけど、上手な絵よ」と肝心の山の名前を口にし、光羽お手製のガイドブックにメモした。

「へえ、剣ヶ峰ですか」

なるほどたしかに、剣の切っ先を思わせる尖塔形の山ではある。

「本格的な登山客が多い山なんですって。だから、この二つの『へ』の字が表してるのって、離山と浅間山じゃなくて、剣ヶ峰と浅間山なんじゃないかしらね。ほら、西が登山で東が火山だし、このほうが順番どおりじゃない？」

育代は『軽井沢。不在の証。宝は登山の下、火山の上』と書いたメモを取りだし、登山と火山の上に描かれた山の形を指さす。

「なるほど……」

須美子はこの可能性も光羽は考えただろうなと思いながら生返事をした。

「間違いないわ。火山といえば浅間山で、登山といえば離山ではなくて剣ヶ峰のことなのよ。つまり、浅間山の上の文字の『あ』と、剣ヶ峰の下の文字の『ね』で……『あね』！　姉よ姉！　ほらほら合ってるんじゃない？　それと『不在の証』を合わせて、この暗号はつまり、『軽井沢でお姉さんがいなくなった』ってことを表しているんだわ！」

軽井沢
不在の証
宝は登山の下、火山の上

話しているうちにだんだんと、自分でもそんな気になったのだろう。エッヘンとばかりに育代は胸を張った。

「……すごいですね、育代さん。なんだか説得力があるような気がしてきました」

「でしょう！」

「……でも」

須美子は悦に入っている育代の良い気分に水を差すようで気が引けたが、続けて口にした。「さっきの『かん』も気になってたんですけど、順番的には登山が先に書いてありますから、『ねあ』になりませんか？　育代さん、『まあ』のときはちゃんと合ってましたよ。それに『宝は姉』ってところがおかしくありませんか？　まあ、誰かのお姉さんが宝の在《あり》処《か》を知っているということかもしれませんが。なんとなく、光羽さんのお母さんが作った他の問題と比べると、ピタッと収まっていない気がするんですよね……。あ、すみません。わたしはなんにも思い浮かばないのに、ケチばっかりつけているみたいで……」

「そんなのは別にいいわよ。でも、そうよね。たしかに、よく考えるとなんだかスッキリしないわね……いいセンいってると思ったんだけど……」

育代は少し拗ねたような表情を作ってがっくりと肩を落とした。

そんな育代のフォローをするつもりで須美子が「塩沢湖に寄って行きましょうか？」と訊ねる。

だが育代は「ううん。いまは観光より光羽ちゃんの謎を解くのが先決よ」と、再び自転車に跨がると、「さ、捜査の続きよ須美ちゃん！」と力強く漕ぎ始めた。

それから須美子と育代は、電動アシスト自転車の利を活かし、先ほどの話にもあがった離山へ行ってみることにした。山の麓までは三十分もかからないだろう。

遠くに大きく聳《そび》える浅間山と剣ヶ峰までは、電動アシスト自転車とはいえとてもではないが距離がありすぎる。一方の離山は、地元の小学生が遠足で登ることもあるらしく、山頂までのほとんどの道が舗装されていて、徒歩で一時間ほどの距離だそうだ。

新幹線の線路下を潜り、しなの鉄道の踏切を渡り国道に出ると東へ進む。「離山」の信号を斜めに入っていく通りは、「離山通り」というのだそうだ。電動アシスト自転車なら簡単に上れるだろうとタカをくって、二人は快調にペダルを漕いだ。

「謎は『登山の下』だけど、山頂まで行ってみましょうよ」

育代は気軽に言ってガイドブックを見ながら進んでいった。

だが、麓から見たときには「小高い丘」のように見えた離山は、やはり「山」であった。別荘地に入るところからはずっと急勾配が続き、さすがの電動アシスト自転車でもすぐに太ももが痛くなってきた。

育代は自分が言い出した手前、悲鳴を上げながらもなんとかその坂道を立ち漕ぎで登っていく。やがて、正面が突き当たりで、少し開けた場所に出た。

「……ちょ、頂上かしら」

育代がそう言って、自転車を降り、のろのろと近づいた先に『離山登山道』というゴツゴツとした石で囲まれた標識があった。その横には『登山者記帳場』もある。

「どうやら、ここからが本格的な登山のはじまりのようですね」

「はあ……はあ……」

育代はしばらく苦しそうに息をしていたが、ゆっくりと深呼吸したあと一言、「引き返しましょう」ときっぱりと言った。

4

何の収穫もなかったが、「風が気持ちいいわねえ」とご機嫌な様子で育代は下り坂に自転車を走らせる。徒労に終わったサイクリング登山もこれはこれで思い出に残ると須美子も思った。

「そもそも『登山の下』の『登山』がもし離山だったとしたら、その下ってどこかしら」

広い通りまで出ると、育代が自転車を止め疑問を投げかける。

「うーん、上なら頂上でしょうけど、下って山の周り全部が下ですもんね」

「そうよねえ」

育代はしばし地図を睨んだあと、「とりあえず、次は有名な旧軽井沢銀座へ行ってみましょうよ」と言った。

「じゃあ、だいぶ日も傾いてきましたから急ぎましょう」

須美子の言葉に「ＯＫ」と言って育代はすいすいと自転車を走らせる。ともすると須美子のほうが置いて行かれそうなスピードだ。あの坂を登ったあとだから、平坦な道などお茶の子さいさいということかもしれない。

少し進んだあと、二人は信号のない環状交差点にさしかかって、標識に従い一旦停止した。

「あら、これどうやって進むのかしら。こんな変な交差点初めて見たわ」と育代が言うのに、須美子も「わたしもです」と応じた。

それはラウンドアバウトと呼ばれるロータリーのような場所で、中央に円形の植え込みがあり、その周囲を六本の道路が放射状に伸びている。

「六本辻という場所ですね」

「ああ、そんなのあったわね。たしか旧軽井沢方面は二番目の道へ入るって、地図に描いてあったわ」

先を行く育代はよく確かめもせず、自転車を降りて押しながら横断歩道を右へ進み、二本目の、行き先標識のない角を折れた。そして素早く自転車に飛び乗ると、またぐんぐんとスピードを上げて去って行く。

「え、ちょ、ちょっと待ってください。育代さーん！　違うと思いますよー！」

須美子が別の道にある「旧軽井沢」の標識に気づいたときには、育代はずいぶん先まで行ってしまっていた。須美子の声が聞こえていないのか、すいすいと先へ行ってしまう。

仕方なく須美子も、違うと分かりきった道を追随することになった。

さっきよりずいぶんと細い道は、両側に傲然屹立《ごうぜんきつりつ》とする木々が覆い被さってきそうだ。育代はその中をどんどん進み、少し開けた場所でようやく停止した。そこはまたあのロータリーのような築山が、道路の中央にあった。

「今度はどっちかしらねえ」

「育代さん、さっきのロータリー、旧軽井沢に行くなら右からじゃなくて、左から二本目の道だったんですよ」

「あら、そうだったの？　二本目、二本目って思っていたから間違えちゃった」

えへっと言って育代は舌を出す。

「戻りますか？」

「せっかく来たんだから、このまま前に進みましょう。これも何かのお導きかもしれないし、なんだか思わぬ発見があるような気がするわ。わたしの勘がそう言ってるのよ」

育代はそう言って、今度も右から二本目を指さした。

「分かりました。じゃあ広い通りへ出るまで進んでみましょう」

そこはあきらかに別荘地帯で、辺りには森とその木々に抱かれるように建つ新旧様々な建物と広い庭が連なっている。さすがに観光地でないこんな場所までは、光羽の地図にも描き込まれていなかった。

薄暗く心細い森の道を育代に任せて進んで行くと、やがて少し広い通りにぶつかった。育代は、「あ、あそこ、信号があるわ」と左を指さしてそちらへ進路をとった。

辿り着いた場所は「新軽井沢」という信号であった。

「あら、『旧』じゃなくて、『新』ですって。不思議なこともあるものね。兎の穴ならぬ、緑のトンネルを抜けて別世界に迷いこんだアリスみたいじゃない？　うん、思わぬ発見だわ」

赤信号に自転車を止めて、メルヘンチックな表現で振り返った育代を、「ただ道を間違えただけじゃないですか」と須美子は一刀両断に切り捨てた。

「もう、須美ちゃんったら。乙女心が分かっていないわねえ」

そう言って頰を膨らます育代だったが、「でも、だいぶ陽も低くなってきたわね」と少し心配そうに西の空を見上げる。

「そうですね。育代さん、一度地図を確認しますから、ちょっと待ってください」

須美子も不安に駆られて提案する。時間はすでに午後四時三十分を過ぎている。青信号を一度やり過ごして、須美子は光羽のガイドブックで「新軽井沢」の信号を探した。

ここは国道十八号線と「プリンス通り」と呼ばれる道の交わる信号で、右へ行けば中軽井沢方面、左へ行けば軽井沢駅や矢ヶ崎公園というのがあるらしい。

「このプリンス通りという大通りを真っ直ぐ行けば、ペンションへ帰る方角みたいです」

「あら、プリンス通りだなんて、王子通りみたいで親しみを覚えるわね」

「育代さん、旧軽井沢は明日にして、今日はこのまま帰りませんか？　ペンションまで、まだけっこう距離があるみたいですから、今から帰って、ちょうど夕食に間に合うくらいになってしまうかもしれません」

「……そうね、そうしましょう」

さすがの育代も多少は反省の色を見せ、須美子の意見に従った。

さらに須美子は、ここからは自分が前を走ることを提案した。育代に先達を任せては、また兎の穴に迷い込んで、ペンションへ帰り着くのが真夜中になってしまうかもしれないからだ。

「新軽井沢」の信号を渡り、しなの鉄道と新幹線の下を潜り抜けると、片側二車線で中央分離帯もある広い通りに出た。ここがプリンス通りのようだ。

後ろから育代が「あ、須美ちゃん見て見て、ボウリング場があるわよー！」と大声をあげて、道行く人の視線をさらう。

たしかに左手には大きなボウリングのピンが見えている。

「本当ですねー。軽井沢にもボウリング場があるんですねー」

育代も須美子も道路の騒音に負けない大声で会話しながら、プリンス通りを走行した。

プリンス通りとは、北区の王子とは縁もゆかりもなく、プリンスホテル関連の施設がある通りだからそう呼ぶのだろう。左手はボウリング場に始まり、プリンスショッピングプラザというアウトレットモールの広大な敷地が広がっている。

歩道は一応自転車も走れるように整備されていて、時折向かいから来る自転車ともすれ違った。

しばらく走って、入山峠《いりやま》入口という信号で止まったときのことだった。

「須美ちゃーん！　待ってー！」

かなり距離を感じさせる後方から必死な声で名前を呼ばれ、須美子は慌てて自転車を降りて振り返った。夕暮れの道を、育代が必死の形相で自転車を漕いでいる。

「どうしたんですか、育代さん」

ハアハアと息を切らせながら追いついてきた育代は、急に自転車が重くなったのだと訴えた。

「あ、バッテリー切れみたいですよ」

左のハンドル横に付いている小さなディスプレイには、〇パーセントと表示されている。

「……嘘！　須美ちゃんのは？」

「わたしのはまだ半分以上も残っていますよ」

「……な、なんで……わたしのだけ……こんなに早く減っちゃったのかしら」

育代はふくれっ面を保てないほどに息も絶え絶えだ。

「じゅう……電が足りなかったのかもしれませんね」

あやうく「重量の差かも」と言いかけた須美子だったが、すんでの所で別の言葉にハンドルを切った。

「育代さん、自転車を交換しましょう」

「……え？　だって……須美ちゃん、この自転車バッテリーが切れてるのよ？」

「ペンションから迎えに来てもらうっていう手もありますけど、たぶん今頃は夕食の準備で忙しいと思うんですよね。あと三十分くらいだと思いますし、ここからは比較的平坦な道らしいですから」

「……いいの？」

育代は遠慮がちに須美子を見た。きっと自分の体力であと三十分この自転車を漕ぐのが難しいことを悟っているのだろう。

「わたしのほうが少しだけ若い分、体力もありますし、大丈夫ですよ」

育代と倍以上も年の離れた須美子が、半分くらいの細い腕で微々たる力こぶを作って見せる。気を遣わせないよう冗談ぽく言っていることが通じたようで、育代も「ごめんね、須美ちゃん。じゃあ、お願いね」と言って、二人は自転車を交換した。

5

「疲れたー！」

育代と須美子がペンションの玄関にへたり込んだのは、夕日がすっかり沈んだころであった。二人とも額に玉の汗を浮かべていた。

光羽は驚いて駆け寄ると「どうなさったんですか」と、よりへばっている育代に訊ねた。

「途中で自転車のバッテリーが切れちゃったのよ。そのあと須美ちゃんに自転車を交換してもらったんだけど、それまでの疲労が蓄積してたみたいでね、もう脚がパンパン！」

「えっ！　それは大変でしたね」

そこへオーナーの小沢も出迎えにやって来た。光羽から事情を聞いた小沢は平謝りで、

「満タンに充電してあるものを借りたのですが、バッテリーが弱っていたのかもしれません。申し訳ございませんでした」と上がり框《かまち》にいる二人にそれぞれ頭を下げた。

「あ、そんな気にしないでください。たぶん、わたしが重かったせいですし、須美ちゃんのはたくさん、バッテリーが残っていたものね」

そう言われて須美子は、ここで「はい」と答えたら育代が重いことも認める返事になってしまうと思い、思わず変な角度でうなずいてしまった。

二人は四号室の自分たちの部屋へ戻り、順番にシャワーで汗を流し、服を着替えた。

「はー、さっぱりした」

須美子と育代は、謎は解けない上に、自転車のバッテリーは切れるわと、散々だった今日一日を振り返った。多分、二〇キロ近くは走ったのではないだろうか。電動アシスト自転車とはいえ、普段から考えたらすごい移動距離だ。

「軽井沢って、意外とアップダウンがあるのね」

「本当ですね。疲れましたけど、なんだか楽しかったです」

「そうね。自転車のバッテリー切れも軽井沢のいい思い出になりそう。……あ、これが本当の『重いで』かしら」

育代と須美子はベッドの上で大の字になると、顔を見合わせて笑った。心地よい疲労感に、このまますぐにも眠ってしまいそうだったが、期せずして二人のお腹が同時にグウと鳴った。浅見家だったら赤面し慌てる場面だが、今は気の置けない育代と一緒だ。お互いの目を見て二人はまた大笑いした。

夕食は六時からダイニングルームで、全員が揃ってとることになっていた。

五分前に階下へ下りていくと、すでに久保と南は着席しており、光羽がダイニングの入り口で、「今回はバス会社として参加者のリサーチを兼ねていますので、僭越《せんえつ》ながらご相伴させていただきます」と一人一人に案内をしていた。

三々五々参加者がやって来て、光羽に案内された席に着く。野依一家は四人揃って夕食会に参加するようだ。「野依栄一《えいいち》です」と、もう一台のバスの運転手を務めていた友也と和也の父親が自己紹介をしたあと、松重と光羽もその隣の端の席に着き、小沢の合図でディナーは開始された。

「さあ、みなさん、お待たせしました。当館特製の夕食です。どうぞお召し上がりください」

ヒゲの似合うオーナー自らが腕を振るったというメニューは、素朴なペンションで出される料理の想像を遥かに上回る、本格的なフランス料理であった。

ソムリエこそいないものの、ワインを所望した磯崎夫妻のグラスに、小沢は慣れた手つきで白ワインを注いでいる。一人客の花山と、久保と南のコンビはビールを注文した。他の面々もそれぞれソフトドリンクを注文し、年長者の磯崎泰史の音頭で「軽井沢ツアー」の一同はグラスを合わせた。

テリーヌや美しく飾り切りにされた野菜とホタテにキャビアを載せた前菜、湯気の立つ黄金色のコンソメスープには細かく刻まれた野菜と鯛が入っていた。

これはもうオーベルジュと称しても遜色ない域である。須美子はシェフである小沢にソースの作り方や仕上げのコツなどを質問し、大いに勉強させてもらった。

スープを飲み終えた参加者が増えたところで、光羽は「皆様、今日はどちらへいらしたんですか?」と一同を見渡した。

一号室の磯崎夫妻は謎解きに関しては早々にあきらめ、タクシーで旧軽井沢銀座へ行ったそうだ。軽井沢ショー記念礼拝堂で偶然結婚式をしていて、幸せをお裾分けしてもらったと、早苗はにこにこしている。その後、上皇陛下と上皇后陛下の出会いの場としても有名な軽井沢会テニスコートを見たり、ミカドコーヒーのソフトクリームを食べて、買い物を楽しんだと満足そうだ。

二号室の久保と南はスマホを駆使して、光羽のガイドブックにない地元の情報を集め、インターネット上に落ちていない細かい情報を求めて地元の図書館と、美術館や博物館を巡ったと言った。まだ謎は解けていないが、来年のミステリーツアーに関するアイディアはまとまりつつあると意味深な笑みを浮かべた。

三号室の花山太一は「べつに……」と相変わらず愛想がない。他の参加者と交流する気はないらしく、終始黙々と食事をしていた。常にサングラスを外さないのは、おしゃれなのか、それとも何か理由があるのだろうか。須美子は花山をじっと見つめ、他の参加者も花山に視線を注いだが、一向に意に介する様子もなく、彼は空になったグラスを指でこつこつと弾いている。

なんだか場の空気がしらけてしまったが、続いて育代が須美子とのサイクリングの顚末を話して聞かせると、笑いと共に一気に賑やかさを取り戻した。

それからは徐々に打ち解けた会話が交わされ、特にアルコールの入ったグループは上気した頰をして、口もなめらかになっていた。

久保と南は大学のミステリー研究会の同期だそうで、現在二十七歳。大学時代に夏の合宿で軽井沢に滞在したことがあるのだそうだ。そのときに見た蛍がきれいだったとか、沼地の近くの宿だったため大量の蛙の鳴き声に、眉唾物のミステリー現象よりよっぽど怖かったと、思い出を語った。

磯崎は現在六十五歳。夫妻は昼間、須美子たちが聞いた結婚前の話を全員に披露し、さらに詳しい話を付け加えた。それによると、親同士も仲が良く、幼い頃は朝早くに両家で虫取りに行ったり、一つ年下の早苗の夏休みの宿題を磯崎が毎年面倒を見ていただとか、長じてからはお互いを意識するようになり、磯崎が大学を卒業する段で婚約していたことなどを、恥ずかしそうに打ち明けた。軽井沢の別荘は今から二十年以上前に、両家とも訳あって手放したと言った。

「このペンションは、その頃からすでにありましたよね」

磯崎がワインのおかわりを注ぎに来た小沢に話を振る。

「ええ、今年で四十一年になります」

「たしか、『森の樹』という屋号は、どなたかの名前からつけられたのじゃなかったでしたかな」

「ええ。よくご存じですね。父の名前が繁樹《しげき》で、手伝っていた兄が亜樹雄《あきお》だったものですから。まあ、『樹』の字が付くのは二人だけで、わたしの名前には入っていないんですけどね。そもそも、わたしがこのペンションを継ぐことになったのは予定外のことでしたので――」

須美子はなんとなく聞いてはいけない気がしたが、育代は「何かあったんですか？」とストレートに言葉を投げた。

「二人とも事故で亡くなりまして」

「えっ……」

育代が話を振ったことを後悔するような顔を見せた。

「ああ、すみません。暗い話題になってしまって。ですが、やってみて、意外に天職かもしれないなんて思い始めてるんですよ」

「ぜったいそうですよ！　お料理もとても美味しいし。ね、須美ちゃん」

「ええ」

須美子も力強くうなずいて見せた。

「ありがとうございます」

小沢は嬉しそうにお辞儀をして空いた皿を下げた。

続いて出された料理は、オマールエビのチーズソースだった。

「すっげー」「おっきなエビ!」

ソフトドリンクの野依一家も、双子が料理が出るごとに興奮しているので、アルコール組に引けを取らないほど楽しげだ。

そんななか驚いたのは、四人ともこれが初の軽井沢旅行だということだった。

「バスの運転手さんだから、お仕事でしょっちゅう来てるのかと思いました」

育代が何気なく言うと、野依は「たまたまわたしはこちら方面には縁がなかったんです。でも松重さんは地元みたいなもんですよね?」ともう一人の運転手に水を向けた。

「地元?」

育代が不思議そうな顔で訊ねる。

「あ、ええ。三十過ぎまで軽井沢でタクシードライバーをしていまして」

エビを口に運ぼうとしていた松重は手を止めて答えた。

「あら、そうなの? そういえば松重さんって独身なの? ご家族は?」

相変わらず育代はぐいぐいと質問する。

「今は一人です。むす——」

「ああ! お母さん、友也がズボンにソースこぼした」

和也の声に遮られたタイミングで、松重は「ちょっと失礼」と席を外した。

その後も次々と料理が運ばれてくる。口直しのソルベ、メインの牛肉の赤ワイン煮にはトリュフも添えられていて、食欲をそそる。

デザートは宏美夫人の担当だそうで、手作りのキャラメルアイス、ショートケーキ、ザッハトルテ。さらには美しくカットされたフルーツまでが一つの皿に盛り付けられ、それぞれに供された。これまた、どこの名店かと思わせる美しい飾り付けで、味も申し分ない。

コーヒーの良い香りが漂いはじめたころ、「そういえば……」と突然育代が何かを思い出したように小さくつぶやいた。そして須美子に耳打ちする。

「小沢さんの息子さんって小学生には見えなかったわよね？」

「え？」

急な話で驚いたが、チェックインのあと間違えて持って行ってしまったボールペンを返しにいったとき、チラッと見えた姿を須美子は思い出した。

「結婚十年目だって言ったわよね」

「ああ、そのことですか――」

さっきもそうだったが、あまり人様のプライベートな話を探索するのは――と、須美子が思っていたところ、「小沢さん、小沢さん」と育代が小さく手招きしている。

須美子はあっと思ったが、小沢はにこにこしながら育代に近づいて「なんでしょう」と腰を屈めた。

「お二人のお子さんて……」

「えっと、わたしたち夫婦に子どもはおりませんが」

「え？　でも、息子さんが……」

「息子……？　ああ、あいつですか。あのときは息子とお答えしましたが、実は甥なんです。亡くなった兄の一人息子でして。わたしたち夫婦には子どもがいませんから、息子のように……って、もうそんな年じゃありませんが、そう思っているんです。まあ、あいつのほうはどうか分かりませんがね」

「あ、そうだったんですね。失礼しました。ご結婚十年とうかがったので、気になっちゃって。立ち入ったことをお訊きしてごめんなさいね」

育代は小声で謝罪し、恐縮しきったように肩をすぼめた。さっきも小沢の身内が事故で亡くなった話になってしまい後悔したばかりだというのに、どうも育代は好奇心に抗えない性質らしい。舌の根も乾かないうちに、同種の失言をし、いまにも泣き出しそうな顔をしている。

「いえ、お気になさらず。お、コーヒーができたようですね。今お持ちします」

小沢は軽くお辞儀をすると、どこか危なっかしい動きでトレイを運ぶ宏美を手伝いに行った。

（甥御さんだったのね。わたしはてっきり、どちらかが再婚なのかと――）

須美子はそこまで考えて、自分も育代のことを言えないなと慌てて首を振った。

食後、バスの中で約束したじゃんけん大会が行われ、それを合図に楽しかった夕食会はお開きになった。

他の参加者がそれぞれ部屋に帰っていくのを横目に、須美子と育代は広々としたリビングのソファーに腰を下ろした。お腹が満たされ、疲れもマックスで、俯き加減の育代の目は半分閉じかけている。

（ふふ、なんだか鎌倉の大仏様に似ているわね）

須美子が心の中でそう呟きこっそり笑みを浮かべると、突然「あー！」と育代が目を見開いた。

「ご、ごめんなさい」

心の中で思ったことが聞こえているわけはないのに、須美子は反射的に謝っていた。

「え、須美ちゃん『ごめんなさい』ってどうかしたの？」

「あ……いえいえ。なんでもないんです。それより育代さんこそどうしたんですか？」

「そうそう、日下部さんに電話しなくちゃと思ってね」

育代がポケットから携帯電話を取り出した。

「わたし、ちょっと部屋のお手洗いに行ってきます」

須美子は気を利かせるつもりで席を立ち、二階へ向かった。

日下部亘は、本職は大学の非常勤講師だが、根っから推理や謎が好きな人物で、そんなところは浅見家の次男坊である光彦にとてもよく似ている。不思議な謎と聞くと、子どものように目を輝かせるところなどそっくりだ。

育代と日下部の恋が始まったのもまた、日下部の暗号を須美子が解いたことがきっかけだった。

須美子はゆっくり時間をかけて部屋へ戻り、手洗いを済ませ、ついでに、バッグから自分の携帯電話を取りだして、浅見家へ連絡を入れた。

浅見家では大奥様である雪江によって、未だに携帯電話不要論が説かれている。

雪江曰く、「あんなものがあるから家族の絆が希薄になるのです。やましいことがないのなら、家族の前でだっていくらでも長話をすればいいのですよ」とのことだ。

緊急で内密の用件も多い家長の陽一郎はさておき、三十三歳にもなる光彦も少し前までは携帯電話を持っていなかった。さすがに、最近は仕事柄必要だということで許されたが、須美子にもつい最近になって、実家との連絡用にと兄から二つ折りの携帯電話が送られて来た。それまでは、須美子のほうから実家へ連絡をすることはまずなかったし、実家からは郵便が届くのみであった。しかし両親が心配するのを見かねた兄が、自分の契約した携帯を送ってよこしたのである。

しかし須美子は相変わらず、用がなければ連絡をすることはなかったので、この旅行の準備を始めるまで、その存在さえすっかり忘れて、充電も切れていたほどだった。

電話口には若奥様の和子が出た。須美子が、自分のいない分の家事を一手に引き受けてくれているだろうことへ感謝を伝えると、「そもそも須美ちゃんはお休みなんだから、気にする必要はないのよ。そんなことより」と、しきりに旅行の様子を聞きたがった。

和子の実家である設楽《したら》家も、以前は軽井沢に別荘があったはずだ。警察庁刑事局長の激務に追われる今の陽一郎からは想像もつかないが、二人でテニスを楽しんだこともあるらしい。最近の軽井沢の様子も気になるのだろう。

和子は、須美子が楽しんでいることを確認してから、「こっちは特に変わりはないし、大丈夫だから、須美ちゃんもしっかり楽しんでいらっしゃいね」と保護者のように言って電話を切った。


「え？　サーカス？　フレッシュ？　うーん、よく分からないけど。ええ……ええ……ありがとうございました。あとはわたし一人でちゃんと考えてみますね」

階段を下りていくと、須美子の姿を目の端で捉えた育代は、合図するように少し微笑んだ。

「じゃあ、おやすみなさい」と送話口に向かって言って、通話を終えた。

「何か分かったんですか？」

「ええ、サーカスとフレッシュじゃないかって言ってたんだけど」

「サーカスって、あのピエロや空中ブランコのサーカスですか？」

「ええ、たぶんそうだと思うんだけど……」

育代はいつになく自信なげにうなずく。

「フレッシュはなんでしょう？」

「新鮮なサーカスってことかしらねえ……あ、コーヒーフレッシュのことかしら」

「コーヒーフレッシュって、ポーションミルクの？」

「そうそう」

「でもそれってなんのヒントなんでしょうか？　もしかして、日下部さんはもう答えが分かったんですか？」

「それがね、日下部さんも答えまでは分からないみたいだったのよ。わたしの説明が悪かったのかしらねえ」

「……」

須美子は黙ってサーカスとフレッシュの真意を考えた。

そんな須美子の様子を見て、育代もまた腕を組んで視線をあちらこちらへ向けて思案顔で唸る。

「うーん……あら、これ」

ふと育代が壁の絵に目を留め、突然、立ち上がった。近くまで行って絵をしげしげと眺めている。

「塩沢湖で見たあの人の絵に、ちょっと似ている気がするわ」

「え？　でもこれは小沢さんが描いたんじゃなかったでしたっけ。ほらここ」

須美子は「a.ozawa」のサインを指さして「atsushi ozawa」と口に出してみた。

「ああ、そうよね。須美ちゃんが絵を褒めたら、ありがとうって言ってたものね。気のせいかもしれないわね」

育代は自信なげに言った。なにしろ塩沢湖で見たのは、まだ半分くらいしか色はついてなかったと言っていた。比較対象物としては根拠が希薄だ。

「あ、分かったわ。これってさっき言ってた甥御さんの絵なんじゃない？　だから須美ちゃんに褒められたとき、叔父さんである小沢さんは自分の絵じゃなくてもお礼を言ったのよ。塩沢湖の男性が甥御さんだったのよ」

「……たしかに塩沢湖のあの男性が甥御さんだったと考えれば辻褄が合いますが、塩沢湖であったのは一八〇センチは優にあろうかという長身の男性でしたよね。昼間、裏口のドア越しに見た甥御さんの身長は、わたしとさほど変わらなかったような気がします」

「ああ、そうだったわね。わたしもあのとき、小沢さんの息子さんだから小柄なんだって納得したんだもの」

育代も自分と同じ感想を抱いていたのだなと須美子は思った。

「……ってことは、やっぱりわたしの気のせいね。そもそもわたしに絵画の鑑賞眼なんてないんだもの」

「でも、バスの座席の柄を見て、スミレやエリンジュームをイメージしてた育代さんの美的センスは一流だと思います」

「そう言ってくれるのは嬉しいけど、でもやっぱりわたしの勘違いね」

そう言って笑う育代につられて須美子も口元を緩めたが、何かが胸の奥にひっかかるのを感じた。

「そうだ。あのね須美ちゃん、みんなの年齢からわたしなりに推理してみたんだけどね、光羽ちゃんのお母さんと、年の頃がちょうど良い人が何人かいるのよね」

須美子があとで小沢に絵のことを確かめてみようと考えたところへ、育代が突然話題を変えた。育代はもったいをつけてジャケットのポケットからメモ帳を取り出し、なおも時間をかけてそれを開くと、そこには今回のツアー参加者全員の名前と年齢が列挙されていた。

「すごい、いつの間に……」

須美子が感嘆の声を上げると、育代は得意げに言った。

「普段からお得意様の情報はこの虎の巻に書いておくのよ。それに名探偵・須美ちゃんの助手としては、これくらいの調査はお手の物よ。でね。光羽ちゃんは今年二十二歳だからお母さんが妊娠したのが約二十三年前として、恋のお相手として釣り合いがとれそうなのは――」

「ちょっと待ってください！　育代さんは、参加者の中に光羽さんのお父さんがいると考えているんですか？」

「そうよ」

あっさり返事をする育代に須美子は目をパチクリとした。

「……その根拠は？」

「勘よ！」

（やっぱり……）

おおかた答えの予想はついていたが、須美子はため息をついた。光羽の探す父親が、今回のツアー関係者の中にいる。そんな偶然はあるはずないと頭の中で一刀両断した須美子だったが、光の糸のようなものが一本、切れずに残るのを感じた。

（何かしら……？）

「だって運命的じゃない。名前も知らない父を探す光羽ちゃん。謎を解き明かす名探偵・

須美ちゃん。真実はすべて軽井沢に揃っていたのだ――なんて、ああ、ロマンチックだわ」

両頬に手を添え、なぜだか恥ずかしそうに体を揺する育代。色々と言いたいことはあったが、ひとまず須美子は話を合わせることにした。

「えーと、それで、この中からどうやって絞り込んでいくんですか？」

「お母さんは四十一歳のときに光羽ちゃんを産んですぐに亡くなったって言ってたでしょう。だとすると、四十歳のときに軽井沢で出会ったと仮定して、まずは久保さんと南さんは二人とも須美ちゃんと同じ二十七歳で、二十三年前は四歳だから論外でしょう」

「ええ」

育代がいつになく論理的に考えていることに驚きながら、須美子は肯定する。

「お母さんと年齢的に釣り合いが取れそうっていう考え方からいくと、磯崎さんね。今、六十五歳だから、二十三年前は四十二歳！　ちょうどいいわよ」

「――でも、磯崎さんご夫妻は今年結婚四十年だって言ってましたよ？　二十三年前にはもう……」

「そっか、そうよね。あ、でも……不倫関係だったらどうかしら。だからお母さんは一人で光羽ちゃんを産んだ、とか」

周りには誰もいないが、育代は顔をよせて声を潜めた。

「まあ、考えられなくはないですけど、いまの磯崎さんからは想像がつかないですね」

「そうね。だけど……本当はね」

育代はゴホンと咳払いをして居住まいを正し、「少し年が離れているけど、わたしははじめからあの人が怪しい気がしてたのよね……」と言った。

「誰ですか？」

「あのサングラスの花山とかいう人よ。光羽ちゃんのこと、よくチラチラ見てたでしょ？それに他の人はみんなペアで参加しているのに、あの人だけ一人だし。ずっとサングラスを外さないし。なんか訳ありっぽいじゃない？」

「花山さんはおいくつなんですか？」

「五十三歳ですって」

須美子は内心、よく花山が答えてくれたなと育代の聞き込み力に感心した。

「二十三年前は三十歳、光羽さんのお母さんとは十歳差ですか……あり得なくはない年の差ですけど」

「そうよ。小沢さんご夫妻だって十歳差だって言ってたじゃない」

「ああ、そうでしたね。たしかに、わたしも花山さんは他の参加者とは違う目的をもって参加したのかなとは思っています」

「でしょう。あ、あと意外なところで運転手の松重さんは六十三歳。社長の林さんは六十五歳ですって」

育代はメモ帳をめくった。そこには参加者だけでなく、バス会社の面々の名前も載っていた。

「そんな人たちまで調べたんですか!?」

「そりゃあそうよ。可能性はゼロではないでしょう？……あ、でも野依さんのご主人は三十九歳だから、久保さんや南さんと同じで候補者から外せるわね。だけど社長さんと松重さんは怪しいと思わない？　二人とも二十三年前は四十代でどんぴしゃなのよね。生き別れの娘が偶然にも入社。互いに気づかず、すれ違いのまま時は過ぎていく——」

「うーん、ちょっと話ができすぎですよ。育代さん、最近韓流ドラマにはまってるって言ってましたけど、ドラマの見過ぎじゃないですか？」

「あ、バレちゃった？　ドラマでは『め』じゃなくて『こ』だったけどね」

「？」

「あら、須美ちゃんにしては勘が悪いわね。『むすめ』じゃなくて『むすこ』ってことよ」

「ああ、なるほど、むす……」

不意に須美子は何か引っかかるものを感じた。

「まあでも、そうよね。よく考えたら、そんな運命のいたずらみたいなことが実際にあるわけないわね。そろそろ、部屋へ戻りましょうか……いたっ！」

ソファーから立ち上がる際に育代がテーブルに膝をぶつけた音で、須美子の頭に浮かびかけた何かはどこかへ飛んでいってしまった。

リビングでの二人きりの捜査会議を終え、手洗いに行くという育代と共に須美子も部屋へ戻った。

ベッドに座ると、見るともなく部屋を見回す。

(育代さんはツアーの参加者の中に光羽さんのお父さんがいると考えていたけど、このペンションのオーナー……ってことはないわよねえ。たしか光羽さんがお母さんの写真を見せて訊ねたけど知らないと言ったそうだし……でも、嘘をついているのかもしれないわ……って、いけない、いけない。都合よく考えすぎよね)

育代に影響されているなと気づき、慌てて首を振る須美子は、不意にチェストの上に置かれた育代のボストンバッグを見て、「あ、ボストン!」と声にした。

「え?　何?　なんですって?」

洗面所から育代が、何事かと顔を覗かせる。

「育代さん、思い出したんです。昼間、ティーサロンで見た犬ですよ。ボストンテリアでした」

「あのブルドッグみたいな顔の犬ね」

「ええ……あ！　そうか。そういうことだったんだわ！」

「な、何、どうしたの須美ちゃん、大きな声をだして」

須美子は、不意にいくつかの謎が結びつき解けて行く快感を覚え、顔を輝かせた。

「育代さんの名推理、確かめに行ってみませんか？」

第四章　はじまりの軽井沢

1

薄暗い廊下に出ると、一番奥のリネン室と光羽の部屋である七号室の間に足音もなくゆらゆらと動いている人影があった。

「ひぃ！」っと育代が声にならない声を上げる。

普段は快活な育代だが、ことお化けや怪奇現象の類いにはめっぽう弱いのだ。以前、一緒に日下部から都市伝説の怖い話を聞いていたときには、甲子園のサイレンのような特大の悲鳴を上げていた。それに夫の遺品である安部公房《あべこうぼう》の『幽霊はここにいる』など、タイトルを見るのも嫌だという筋金入りの怖がりだ。

育代の声に、前方の人影もビクッとしたような動きを見せる。

「何をしてるんですか、そんなところで」

須美子が落ち着いた口調で問いかける。

「あっ」と言って振り返った人影はこんな暗い中でもサングラスをかけたままの花山であった。育代は相手が人間だと分かるやいなや、ずいと前に出て強気な姿勢を見せる。

「女性の部屋の前をうろうろするなんて怪しすぎるわ！」

この剣幕にはたとえ相手がお化けだって逃げ出しかねない。

「育代さん、落ち着いてください」

須美子は努めて冷静に、人差し指を口の前に立てて育代を沈黙させた。

「ちょうどよかった。花山さんとお話ししたいことがあったんです。あの、よろしければこれからリビングへ行きませんか？」

花山は戸惑っているようだったが、これ以上ここで押し問答しているわけにもいかないと思ったのか、黙ってこちらへ歩いて来た。

「分かったわ！　あなたが光羽ちゃんのお父さんなのね！　そうなんでしょ、白状しなさい！」

誰もいないリビングに腰掛けると同時に育代が詰問した。

「な、何を言ってんだ！」

花山は立ち上がらんばかりの勢いで口から泡を飛ばす。

「違いますよ育代さん」

須美子が取りなすと、花山は少し落ち着きを取り戻したようだ。

「え、でも、じゃあなんであんなところに……」

納得がいかない様子で続けようとする育代を制止し、須美子は極力、冷静に聞こえるように花山に話しかけた。

「あの、花山さんは、光羽さんのことを以前からご存じだったんですよね？」

「……」

花山は須美子の質問にチラッと視線を向けただけで答えようとはしなかった。

「やっぱり光羽ちゃんはあなたの娘なんでしょう！」

育代はまたしても言い募るが、花山は今度は反応しない。

「……いえ、おそらく光羽さんは花山さんの姪御さんです。あなたは光羽さんのお母さんの、弟さんなんじゃありませんか？」

「……！」

一瞬、花山の眉が大きく跳ね上がったのを見逃さず、須美子はたたみかけるように言った。

「今朝、バスに乗る前、ペンを落とした光羽さんに『おおた』さんと呼びかけましたよね。最初に違和感をおぼえたのはあのときでした。わたしの後ろに立っていたあなたの位置からは、名札は見えなかったはずです」

「な、なんだそんなことか。見えたんだよ。ＯＴＡ……『おおた』って書いてあった」

「そうですか。でも、もしも視線の先に名札が見えたとしても、あなたの視力ではあの小さな名前が見えたとは考えられません。だってあなたは、昼食会場で壁に掛かっていたあの大きな本日のケーキの文字さえ見えなくて、店員さんに訊ねていたじゃありませんか」

「……ケーキ？　あ、ああ、あのときか……いや、あれはだな……えーと、そ、そうだ！　思い出した。彼女の名前はチラシに載っていたのを覚えていたんだ。ほら、書いてあっただろう、多田光羽って」

鬼の首を取ったような顔で、花山は前のめりになって反論する。

「でも普通、多いに田んぼの田を書いたら、『おおた』ではなく『ただ』さんだと思うのが一般的ではないでしょうか。現に光羽さん自身が、よく『ただ』さんと間違えられるんです——って自己紹介していたじゃないですか」

「……それは、俺の知り合いにはあの字で『おおた』と読む友人がいたからであって……」

反論はするが花山の勢いが少し弱まったのを見逃さず、もう一手、須美子は駒を進めた。

「それにサービスエリアに到着した際、光羽さんがお母さんからもらった髪留めを褒められて、『帰ったら伝えます』って答えたとき、明らかに動揺していましたよね。咄嗟に視線は運転手さんのほうへ逸らされましたが、すでに光羽さんのお母さんが亡くなっていることを知っていたから、あんなに驚いて、動揺したんじゃないですか？」

「そ、そんなことはない！　勝手な推測でおかしなことを言うな」

そこで一度、間を置くと須美子は余裕の笑みを浮かべて、「では――」と、王手となる大駒を取り出した。

「『手抜き』のことを知っていたのはどうしてですか？」

「手抜き？　何それ？」

反応したのは花山ではなく育代だった。

「昼食のときに、花山さんが『手抜き』という言葉を口にするのを、偶然聞いてしまったんです。そのときはケーキかコーヒーについての失礼な感想なのかなくらいに思ってたんですが、あれは犬の名前のことを言っていたんです」

「あっ……」

花山の口が、「しまった」というように大きく開かれた。

「犬の名前？」

「ええ。あのときお店にやって来た犬を見て、光羽さんが実家で同じ種類の犬を飼っていたことを話していたのを覚えていますか」

「ええ、『トンボ』と『アリス』だっけ？」

「そうです。あの犬はボストンテリアでした。そして、手抜きというのはその名前のことだったんですよ」

「……どういうこと？」

青ざめる花山の横で、育代はまだ意味が分からないという顔で首をひねる。

「ボストンテリアから『テ』を抜いて、文字を並べ替えると『トンボ』と『アリス』になるんですよ。おそらくパズル作家だった光羽さんのお母さんが名付け親だったんじゃないでしょうか」

「ボストン……トンボ……アリ……ス。あ、本当だわ！」

育代は何度か頭の中で並べ替えに挑戦してみて、ようやく理解したらしい。

「そしてそんなことまで知っているのは、その名前をつけたときにごく近くにいた人に限られます」

「……」

花山は開いたままの口を閉じると、大きく息を吐き出し、肩を落とした。

（それにもう一つ――）

須美子は心の中で呟いた。口にしても説得力はないだろうが、花山が光羽に送る視線は、浅見家において陽一郎が娘の智美を見る目ではなく、陽一郎の弟である光彦が姪の智美を見る目に似ている気がしていたのだ。父親と叔父では、立場も違えば当然、その見守り方も違うものだ。それは視線にも現れる。

「もう観念して楽になりなさい。あなたは光羽ちゃんの叔父さんなのね。名探偵の手にかかれば、あなたの小さな嘘なんてぜーんぶお見通しなんですから！」

「名探偵……？」

「いえ、違います。名探偵というのは育代さんが勝手に言ってるだけで、わたしは探偵なんかじゃありません。ただのお手伝い……あ、名探偵の助手という意味での手伝いでなく……」

須美子は慌てて取り繕うが、花山は「ふん」と、二人のやりとりを、冷めた目線であしらった。

2

「花山さん、本当の名前を教えてもらえませんか？」

「花山太一、本名だよ」

「え、でも光羽ちゃんの叔父さんでしょ？　多田さんじゃないの？」

「俺は家を捨てて、花山の家に婿養子に入ったんだ」

「そうなんですか。でも、どうして光羽さんに名乗り出ないんですか……あ、もしかしてその話をしようと光羽さんの部屋に？」

「……」

「あら、じゃあわたしたちお邪魔しちゃったわね」

さっきまで、「女性の部屋の前をうろうろするなんて怪しすぎるわ！」やら「やっぱり光羽ちゃんはあなたの娘なんでしょう！」と目くじらをたてていた育代は、すっかりいつもどおりだ。

「いや……実は踏ん切りがつかなくて、かれこれ十分近くあそこにいたんだ……」

「叔父ですっていうだけなのに、どうしてそんなに躊躇するの？」

育代の問いかけに花山は、「俺なりに、あの子には負い目を感じてるんだ――」と目を伏せると、ゆっくり大きく息を吐き出してから続けた。

「……親父は強行に姉貴の結婚に反対していた。俺自身は相手の男には会ったこともなかったが、俺としては姉貴を応援してやりたいと思ったから、自然と親父とも険悪になった。一度、殴り合いの喧嘩にまでなっちまって、それで、家を出て、俺は当時付き合っていた彼女の家に転がり込んでそれきり実家には寄りつかなかった。……そして、あの子が生まれて、姉貴が死んだことは母親からの電話で知ったが、親父との確執を理由に、姉貴の葬式にさえ出られなかった。寺の前までは行ったんだが、遠くから手を合わせて引き返したんだ。姉貴の死は親父が結婚に反対したせいだと逆恨みしてたんだな……。あのときはどうしても、姉貴の前であいつの顔を見るのが嫌だったんだ。俺は親父と真正面から戦うことも、姉貴を守ってやることもできず、尻尾を巻いて逃げ出しちまった。だから、あの子に合わせる顔がなくて……」

「それなのに、どうして今……？」

「去年、親父の葬式が終わってほとぼりが冷めたころ、母親一人きりになった実家を訪ねて、いろいろ聞かされたんだよ。両親がいないあの子……光羽のこれまでのこと。もう就職する年になっていて、実家を出て一人暮らしをはじめているってな——。そのとき思ったんだ。当時、俺が逃げ出さずに姉貴の味方になって親父と戦い続けてやっていれば、そのうち親父も折れて、姉貴は好きな人と結婚できたんじゃないかって。少なくとも光羽が両親のいない子どもになることはなかったんじゃないかと思ったら、いても立ってもいられなくなって……」

「そうだったの……」

育代が目に涙を浮かべた。

「光羽さんの自宅や勤め先のバス会社に、会いには行かなかったんですか？」

「行こうとは思ったさ。だけど、どうしても踏ん切りがつかなくて……」

「なっさけないわねえ、いい大人が」

育代は指で涙を拭うと、容赦のない言葉を投げつけたが、顔は子どもを見るような目で笑っている。それでも図星を指された花山は、言葉もなくうな垂れた。そんな花山を見て、育代は立ち上がると肩をバシッとはたいた。

「イタ……な、何を」

「それで、今回のツアーに当選したのを機に覚悟を決めて打ち明けようとしたものの、まだ真実を明かせずにいた——と。そういうわけね」

腰に手を当てた育代が姉御風を吹かせて言う。

「あ、ああ……まあ……」

花山はずれたサングラスをはずし、面目なさそうに頭をかいた。

「このツアーに参加したのって、光羽さんに名乗り出ること以外にも、目的があるんじゃないですか?」

須美子が花山の、意外とかわいらしい目を見て言うと、花山は素直にコクンとうなずいた。

「俺は、姉貴が結婚を言い出す前に、軽井沢へ旅行に出ていたのを思いだしたんだ」

「あ、やっぱり軽井沢だったんですね」

光羽が祖母からきいた話では「たしか長野だったと思う」ということだったが、これで一つ情報が確実となった。

「ああ、間違いない。軽井沢土産をもらったからな。おそらく光羽の父親とはこの町で出会ったんじゃないかと思って、姉貴が泊まった宿を探すために今日一日、自転車で片っ端からホテルやペンションを回った。当時の宿帳を見せてもらうためだ。民宿みたいな小さなところは理由を話すと親身になって探してくれたりもしたが、大抵は個人情報やらなんやらで、断られるところが多くて今日は収穫なしだった。でも、明日も使ってせめてもの償いに、なんとしても光羽に父親を探してやりたいと思ってるんだ」

須美子はふと、「急なご都合で一名様ご欠席ですが——」と、バスの中で光羽が言っていたことを思い出した。おそらく本人がそう申告したのだろうが、花山は最初から、一人で参加するつもりだったのではないだろうか。

「あら、偉いじゃない、それでこそ日本男児よ」

育代は幾分時代錯誤な言い回しをして、また花山の肩をバシッとはたいた。

花山は顔をしかめて、叩かれた肩をさすっている。

「あのさ……」と花山は何か言おうとして迷っている。須美子は続きを待ったが、その前に育代が「ああっ！　あれよあれ、『あね』だわ！」と素っ頓狂な声を上げた。

「どうしたんですか育代さん」

「お姉さんといえば『あね』よね！　昼間わたしが言った、浅間山の上と剣ヶ峰の下をとって『あね』っていうのがやっぱり関係あるんじゃないかしら」

「なんのことだ？」

首を傾げる花山に須美子は件の問題の解答案だと説明した。

「ああ、『登山の下』に『火山の上』ってやつか。俺は姉貴と違ってクイズやらパズルやらはさっぱりだから、最初から諦めていたが、あんたらなら解けるのかもしれないいな」

「それにしては、よく理義字の問題が解けたわね」

そう育代が言うと、「昔、姉貴が似たような問題を作って俺に出してきたことがあったから、たまたま閃いただけだ」と答えた。

「ああ、そういえば光羽ちゃん、お母さんの問題をアレンジしたって言ってたっけ」

「……あのさ、実は……」と、いましがた言いかけた続きを話すことに決めたようだ。花山は表情を引きしめて口を開いた。

「なんでしょうか」

花山の改まった姿勢に須美子も背筋を伸ばす。育代も空気を察して、須美子の隣で押し黙った。

「実はもう一つやりたいことがあるんだ……」

花山はまだ少し言いにくそうに逡巡してから言葉を継いだ。「もし、光羽の父親が見つかったら、おまえのせいで、姉貴は絶望して死んだんだという事実を突きつけてやりたいんだ」

「えっ!?」

育代は目を丸くする。

「どういうことですか？」

須美子も意味が分からず続きを促す。

「姉貴は二十年……いや、もう、二十三年前か。それまで在宅でのプログラマーとパズル作家の二足のわらじを履いていたんだが、突然プログラマーのほうは引退して、今まで頑張った自分へのご褒美だなんて言って一か月の軽井沢旅行へ出掛けたんだ。確か今時分の季節だったな。その旅行から戻った姉貴は、少し若返ったようにはしゃいでた。最初はしんどかったプログラマーの仕事を離れた開放感からかと思ったが、たぶんあれは旅行先で恋人ができたからだったんじゃないかな。帰ってから多分そいつじゃないかと思うんだけど、長電話して、楽しそうに喋ってたよ。何回か耳にしたのは、『昔の軽井沢の話がおもしろかった』とか『カエルが大きくなる』みたいなこととか、あとはそう『洪水の話』だったかな」

「洪水！」

育代は過敏に反応した。

須美子も内心では声を出したいほど驚いたが、「なんだ？」と訝しげに問う花山に「……あ、いえ、続けてください」と先を促した。

「――まあ、そんな、なんだかよく分からない話をしながら、電話でケラケラと声をたてて笑うんだ。それからしばらくして、あれはたしか、その年の秋だったな。俺が二泊三日の社員旅行で沖縄へ行ってる間に、姉貴が彼氏を家に連れてきたそうなんだ。おふくろに聞いた話では、姉貴の結婚に親父が猛反対し、彼氏は早々に追い返されたらしいがな」

須美子と育代は数時間前、この場所で光羽から同じ話を聞いていたが二人とも黙って花山の話に耳を傾けた。

「――さらにその日の夜、姉貴が自宅で急に倒れ、救急車で病院に運ばれたんだと。本人はちょっと抜けたところがあったからな。『最近ちょっと太ったせいで生理不順だ』くらいに思っていたらしいが、妊娠二十週だというのが判明した。それで親父はまた大激怒だ。だけど妊娠高血圧症候群とかいうので入院したはずが、検査で卵巣に腫瘍が見つかって、俺は親父と大げんかして、家を飛び出して……。その後のことはおふくろから聞いたが、姉貴はそのまま入院生活を続け、帝王切開で光羽を産んで、さあ癌の治療を始めようって矢先に病状が急変して……それで、光羽を遺して逝っちまったそうだ。人間ってのは最後はあっけないもんだよなあ」

花山は口元を歪めて笑うが、その両目は潤んでいた。

光羽は母親の病気の詳細を詳しくは知らないと言っていたが、祖母が伏せていたのだろうと須美子は思った。自分が生まれてきたせいで母親が死んでしまったと、光羽が嘆き、苦しむことのないように――と。

「……お姉さんが入院してる間、相手の男性はお見舞いに来なかったの？」

育代も目を潤ませながら訊ねる。

「入院したことを伝える手段がなかったんだ。姉貴のヤツ、俺だけでなくおふくろにも相手の素性を教えなかったんだよ。携帯は、彼氏からの着信を見た親父が怒りにまかせてへし折っちまってたんで、連絡先を知ってるのは姉貴だけだったんだけど、『お父さんをこれ以上怒らせたら血圧が上がって危ないから』と笑ってたそうだ。『退院できたら自分でなんとかするから』とも言ってたらしいけど。親父に似て、ああいう所は姉貴も頑固だったんだよな」

「でも、おかしいわよね。相手の男性は突然携帯電話が繋がらなくなって、心配してたはずでしょ？　しかも、向こうは自宅を知ってるんだから、こっそり訪ねるなりなんなり、手段はあったと思うんだけど」

「そうなんだよ、おばさ……あ、ごめん、小松原さんだっけ。あんたの言うとおりなんだ。結婚の約束までしてたのに、携帯が繋がらなくなった途端に音信不通になるなんて俺もおかしいと思ったんだよ。いつまで経っても顔を見せないから、姉貴、実はその男に騙されてたんじゃないかって本気で疑ったよ」

「それでそのまま、連絡は取れずじまいってことですか？」

須美子もすっきりしない話に首を傾げながら訊ねる。

「うーん、たぶんそうだと思うんだが……俺とおふくろの知らないところで、実家にその男が訪ねて来ていた可能性もゼロとはいえないかもな」

「すると、お父さんが応対に出て、何度も追い返されていた可能性もあるかもしれませんね。でも、お父さんはなんでそこまで強行に反対したんでしょうか」

「俺もそれがよく分からなかったんだ。親父に何度聞いても『ダメなものはダメだ』と言うばかりで」

育代も須美子も、娘の結婚に反対する父親の気持ちは理解できない。黙って想像を巡らせていたが、しばらくの後、場の沈黙を破ったのは花山であった。

「――それで、去年親父が死んだと連絡をもらって実家に帰ったときに、おふくろから姉貴の形見をもらったんだ。光羽には見せられないってな。姉貴はこれを握りしめたまま亡くなったらしい」

花山は胸の内ポケットから五百円玉ほどの小さな匂い袋を取り出すと、中に入っていたビニールの小袋を出した。辺りにふわりとかすかなお香の香りが広がった。

花山はビニールから慎重に黄色く変色した一枚の紙片を取り出すと、二人の前に広げて見せた。

『結婚、出産、三人の生活。絶望』

それは長い年月を思わせた。袋の中に入っていたとはいえ、握りしめたまま亡くなったというだけあってずいぶんくたびれた紙だ。花山は姉を守れなかった自分への悔悛の証として、大切に持ち歩いているのだろう。

「絶望……それで、さっきお姉さんが絶望して死んだ事実を突き付けてやりたいって……」

須美子が納得したように言うと、「ああ」と花山は深くうなずいた。

「……須美ちゃん、あの情報を、花山さんとは共有したほうがいいんじゃない？」

育代が須美子に顔を寄せ、耳打ちした。

「ええ、そうですね」と、須美子も当然そのつもりで大きくうなずいた。

二人のやりとりを訝しむ花山に、須美子と育代は代わる代わる、光羽がバスの中で提示した暗号が母親のネタ帳からの出題であったこと、そこには「本当の軽井沢は終わりじゃない。白い風見鶏はわたし。洪水の話」という言葉も書き残されていたことなどを事細かに説明した。

「洪水……それは俺も電話できいた言葉だな。あ、それでさっき、その言葉に反応していたのか」

「そうなの」

育代はうなずいた。

「そうか。えーと、それに白い風見鶏か。今日、俺が回った宿にはどこにも、白い風見鶏はなかった……ん？　そういえば、ここのペンションにはあったな……え、おい、まさか！　ここが姉貴の泊まった場所ってことなのか」

「分かりませんが、光羽さんは何かこのペンションに運命的なものを感じたそうです」

「……」

呆然とする花山に、須美子は「ですが、光羽さんが確認した限りでは、小沢さんご夫妻はお母さんのことを知らないそうなんです」と付け足した。


部屋に戻った育代は「新事実判明ね！」と興奮気味に声を弾ませたが、須美子は急激な眠気に襲われていた。時刻はまだ九時だが、一日の疲れがここへ来てどっと押し寄せてきたらしい。

「やっぱり、すべては二十三年前の軽井沢がはじまりってことね……」と育代はベッドにひっくり返って天井を見上げていたが、ふと気づいたように例のメモ帳を取り出した。

「ノートに書かれていた『白い風見鶏』があるペンションがここだとすると、小沢さんは何かを隠しているんじゃないかしら。小沢さんは四十七のときに結婚して十年って言ってたから今五十七歳よね。二十三年前は三十四歳。光羽ちゃんのお母さんは当時四十歳だから、六つしか離れていないし、充分考えられるわ。……それなのにその事実を光羽ちゃんに隠してるばかりか、十歳も若い奥さんをもらうだなんて許せないわね！」

相変わらず、深く考えずに勝手な推理をしては自分の言葉に興奮し、だんだん育代の語気が荒くなってきた。

「育代さん、まだそうとは限りませんから、落ち着いてください」

「……え？　あらやだわたしったら。そうよね」

「……あの……光羽さんのお母さんの交際相手は、そもそも妊娠のことを知っていたのでしょうか？」

須美子は睡魔と戦いながら思いついたことを口にした。

「え？　どういうこと？」

「さっきの花山さんの話からは、光羽さんのお母さんは、救急車で運ばれるまで自分の妊娠に気づいていなかったんですよ。そして、相手に黙ったまま出産直後に亡くなってしまった。つまり相手の方は自分に子どもがいること自体、知らないでいる可能性があると思うんですよね」

「そう？　そう……なのかしら」

「さっきの話に出てきた光羽さんのお祖父さんは頑固一徹な人みたいでしたから、もし相手の方が訊ねてきていたとしても、妊娠のことは言わなかったんじゃないでしょうか」

「そんな！　ひどいわよ須美ちゃん！」

育代の矛先が自分に向いているので、「わたしに怒られても……」と須美子はたじろいだ。

「とにかく、この続きは明日にしませんか。わたしもう、眠くて……」

須美子は口を覆ってあくびを噛み殺した。検討しなければならないことがぐるぐると頭を駆け巡って、体だけでなく脳みそもくたくたになってしまったようだ。

「そうね。そうしましょう」

育代も須美子のあくびがうつったのか、また徳の深い大仏様のような半眼の眼差しで口を大きく開けた。

3

「おはようございまーす」

育代と須美子が声を揃えてダイニングに入るとそこは無人で、奥の厨房から物音が聞こえる。

午前七時のダイニングは、昨夜の喧噪が嘘のように静寂に支配されていて、庭で鳴くシジュウカラやヤマガラ、時々ウグイスの声がまるでスピーカーから流れるＢＧＭのように引っ切りなしに聞こえてくる。

「あ、おはようございます！　お二人ともお早いですね。どうぞおかけください」

厨房のドアを開けて顔を出した宏美が笑顔を見せ、コーヒーの芳醇な香りもダイニングに漂ってくる。

須美子たちが昨夜と同じ席に着くと、宏美がそばへ来て、「コーヒーと紅茶をご用意しておりますが、どちらにいたしましょうか」と聞いた。

紅茶はトワイニングのプリンス・オブ・ウェールズだというので、二人ともそちらを頼んだ。

プリンス・オブ・ウェールズは英国王太子であったエドワード八世のために作られたパーソナルブレンドで、香り豊かでコクのある味わいはミルクを入れても美味しく飲める。案の定、宏美は温めたミルクをカップとお揃いのミルクピッチャーに入れて運んできた。

「このプリンスなんたらって、昨日、ティーサロンでもいただいたけど、美味しいわよね。やっぱり自然の中で飲むっていうのもあるからかしら」

育代は昨夜は真っ暗だった窓の外の庭木、その向こうに広がる森の緑に目を細めた。

「ええ、浅見家でも同じ銘柄なのですが、香りが違って感じますね」

「軽井沢は水が違うからかもしれませんね」

宏美はそう言って微笑む。

「へえ、そうなの。やっぱり、軽井沢は水も高級なのが湧き出しているのかしら？」

「ふふ、高級ではなくて軽井沢の水は硬水なんです。本当は硬水で紅茶を入れると、本来の風味や香りを弱めてしまうと言われているんですが、その分渋みがなくなりますので、うちでは少し茶葉を多めに使って、濃いめにお入れしてるんですよ」

「へえ、じゃあコーヒーも同じ豆でも水によって味が違うの？」

育代が素朴な疑問を口にすると、宏美は朝食用のカトラリーを並べながら答えた。

「そうですね、個人的な感想ですが、軟水のほうが口あたりがやわらかいのではないでしょうか。ただ、ミネラル分に反応してコーヒー本来の苦みや香りが強くなりますので、硬水のほうが好きだという方も多いと思います」

そこへ磯崎夫妻が「おはようございます」と声を揃えて入ってきて、話は中断された。

「こちらよろしいですかな」

そう訊ねる磯崎に「ええ、どうぞ」と育代は両手を広げて答える。

須美子と育代の向かいにのんびりと腰を下ろした磯崎は、あらためて「おはようございます。今日も良いお天気でよかったですな」と白い歯を見せた。早苗のほうは「まあ素敵！」と庭を振り返って「一幅の絵画みたいねえ」と細くため息をついた。

宏美は二人にもコーヒーと紅茶の注文を聞き、一旦厨房へ引っ込むと、二人分のコーヒーセットとカトラリーを携えて戻って来た。

そこへ久保と南、花山も入ってきて、銘々の席へ着いた。

光羽や松重、それに野依一家は一足先にバスの支度のために朝食を済ませたと聞いた。

「昨日は少し楽しくて飲み過ぎちゃいました」と久保が言うと、南も「磯崎さんはご夫婦揃ってお強いんですね」と感嘆の声で言った。

確かに磯崎夫妻はワインボトルを二人で二本空けてしまってもなお、普通に会話をし、楽しそうに過ごしていたし、今朝もすっきりした顔をしている。酒に強くない須美子は、少し羨ましくも感じたものだ。一方のビール組三人は腫れぼったいような赤黒い顔色をして、億劫そうに椅子に腰掛けた。

しばらくすると、小沢夫妻が朝食を運んできた。小麦の香り漂うバゲット二切れとクロワッサン、スクランブルエッグとソーセージの載った皿に、緑鮮やかなサラダ。

「パンはお代わり自由ですので、遠慮なくお申し付けください」

小沢の言葉に、「クロワッサンもいいのかしら？」と育代が訊ねる。

「ええ。もちろんです」

微笑む小沢の隣で宏美が答えた。

ある者は旺盛に食べ、ある者はコーヒーを啜るに終始する和やかで、どこか弛緩したような時が流れた。ダイニングにはしばらく食事をする音だけが響き、一番最初に食事を終えて口を開いたのは、バゲットとクロワッサンの両方をお代わりした育代だった。

「磯崎さん、昔の軽井沢っていったらどこのことを言いますか？」

花山がギョッとしたような目を育代に向けた。須美子も思わず、紅茶を吹き出しそうになった。それは花山が姉の電話で聞いたといった言葉だったからだ。

だが、育代のほうは、のほほんと「昨日、古き良き軽井沢ももう終わりって、おっしゃってたでしょう。わたしからしたら、今の軽井沢も素敵なところだけど、昔の良さの残る軽井沢っていうのも見てみたいんです」と付け加えた。どうやら育代は本当に何も考えずに訊ねただけのようだが、花山は気が気でないだろう。

夫妻は顔を見合わせ、目で何かを合図すると、磯崎が「そうですなあ、やはり本来の軽井沢の姿ということであれば、旧軽井沢のあたりでしょうか。まあ、あそこもずいぶんとお店が入れ替わって雰囲気は変わってしまったが、それでも古き良き軽井沢の名残がありますからね」と言った。

（旧軽井沢か――）

昨日行けなかった場所だなと須美子は思った。育代も、自分が道を間違えて行けなかったことを思い出したのか、少し肩を落とした。磯崎はその様子には気づいていないようで、

「そうそう、本来の軽井沢とは逆に軽井沢には『うそ軽』という言葉がありましたよね、オーナー？」と口にした。

話を振られた小沢は「ええ」と答えたあと、まだ食事中の磯崎に代わって説明を引き受けた。

「軽井沢とつく地名は、旧軽井沢、新軽井沢、南軽井沢、中軽井沢、それに西軽井沢や北

軽井沢と呼ばれる地域もあるんですけど、戦前から住んでいる方は旧軽井沢以外を『うそ軽』と呼ぶ人もいらっしゃるみたいですね。まあ最近は『うそ軽』という言葉はあまり耳にしませんが、北軽井沢問題はニュースでも取り上げられていましたね」

「え、なんですか、それ？」

育代が興味深げに訊ねる。

「北軽井沢は、軽井沢町どころか長野県でもなくて、お隣の群馬県なのですが、観光客の方は軽井沢と付いているから町内だろうと勘違いして、新幹線を降りて目的地に向かったら遠くてビックリする――という問題です」

小沢の話を聞いていて、須美子は昨日、昼食会場で耳にした、軽井沢のセンセと編集者の会話を思い出した。

「ちなみに、西軽井沢は長野県ではありますが軽井沢町ではなくお隣の御代田町の字《あざな》なんですよ。まあ、軽井沢の追分地区の辺りも西軽井沢と呼ばれていますけど。『西軽井沢』という名前に惹かれて別荘を購入しようとしたら、住所が隣の御代田町だった――なんていう話はよく聞きます。それに、御代田町全体を指して西軽井沢と呼ぶ向きもあるようですよ。……あ、でも『北軽井沢』という名称は昭和初期から使われていた地名ですから『うそ軽』というと語弊があるかもしれませんね」

「じゃあ、本物の……『本当の軽井沢』はどこかっていったら、やはり旧軽井沢ということになりますか?」

須美子は光羽の母のメモに書かれていた、「本当の軽井沢は終わりじゃない」という言葉を思い出した。

「うーん、本当の軽井沢といえるのかどうかは分かりませんが、昔の軽井沢というならやっぱり軽井沢の歴史の始まりである旧軽だと、わたしも思いますね」

旧軽井沢を略称で言った小沢は、軽井沢の歴史について、全員に聞こえるように説明した。

江戸時代、中山道の宿場町として栄えて以降、軽井沢は明治十九年にはカナダ人宣教師、アレキサンダー・クロフト・ショーによってその美しさが見いだされ、家族、友人、そして内外の知名人に軽井沢の素晴らしさを紹介したため、外国人の別荘が増え、夏の避暑地としての地位を確立していったそうだ。これらはひとえに、軽井沢の気候や風土が彼らの故郷、西洋に似ていたことに起因するらしい。聖職者や外交官などについで、やがて大正時代には日本の上流階級の別荘も増え始め、皇族や華族、政財界の別荘は今でも多く見られる。社交界としての華やかな舞台となった一方では、小説家や画家など文化人も増えた。今日に至っても、開拓は続き、古き良き森の中の軽井沢を愛する人々にとっては、それは目を覆うばかりの現実とのこと——。

「さすが、ここで生まれ育った方ね。勉強になったわ」

育代は腕を組んで納得した表情を浮かべると、「帰ったら日下部さんにも教えてあげなくちゃ」と須美子に小声で言った。

「ちなみに軽井沢はジョン・レノン一家が長く滞在したことでも有名で、町内のあちこちに逸話も残っていますよ」

「へえ、ジョンが行った場所、見てみたいわ！　ねえ須美ちゃん。ジョンよジョン。ビートルズよ！」

「え、ええ」

うなずく須美子だったが、正直、それほど詳しくは知らない。

「お二人は今日は旧軽へいらっしゃるのでしたね。でしたらフランスベーカリーへいらっしゃるといいですよ。ジョンが通ったパン屋です。旧軽には他に秋篠宮ご一家が定宿にしておられた万平ホテル、それに……」

ミーハーな育代に小沢は次々と見所を紹介してくれるのだが、果たしてそんなに寄り道をしている暇があるのかと、須美子は不安を隠しきれない。なんとしても今日中に光羽の父親に繋がるなんらかのヒントを摑まなければという、使命感にも似たものが、須美子の心を占拠し、今にも飛び出して行きたいほどの焦燥感に駆られていた。

4

朝食後、自然と一同はリビングに集っていた。それぞれ光羽からもらった地図をテーブルに開き睨めっこをして、今日の予定を考えているようだ。須美子と育代は昨日辿った道を確認し、旧軽井沢へのコースを検討する。

「須美ちゃん、旧軽井沢に行く前に、お土産を買っておかない？」

「お土産ですか？」

「ええ、昨日は光羽ちゃんのお母さんのクイズを解くのに一生懸命で、結局どこにも寄らなかったでしょう？」

「そういえばそうですね。……じゃあ、ここはどうですか？」

須美子はこのペンションからもほど近い、「発地市庭《ほっちいちば》」という場所を指さした。

そこは地場産の野菜やフルーツ、それにお土産物も豊富でオススメだと、光羽のコメントも添えられていた。

「あ、良いわね。九時から開いてるって書いてあるから、今から出てお土産を買って、一度荷物を置きにここへ戻ってから、また自転車で旧軽井沢に向けて出発すればちょうどいいんじゃ――」

育代が言いかけたそのとき、カウンターの奥のほうで「きゃっ！」と悲鳴にも似た声が聞こえた。宏美の声のようだ。

「気をつけろって言ったのに……」

小沢の呆れたような声が聞こえ、「……だって」と宏美のすねたような声が続いた。

心配そうな顔の育代はそわそわと腰を浮かしたが、さすがにスタッフオンリーの事務所へ入るのははばかられると思ったのか、カウンター越しに。「大丈夫ですかー」と声をかけた。

他の客たちは席についたまま、その育代に視線を集中させている。

「あ、小松原さん。お見苦しいところをお目にかけまして」

スイングドアが開いて、宏美が恥ずかしそうに顔を覗かせる。育代に向かって、後ろを指さし何か説明し、続けて「皆様、申し訳ございません。大丈夫ですので」と言って中へ戻っていった。

育代は席に戻ってきて「裏口の段差で転んじゃったみたいよ」と、小声――といってもその場にいた全員に聞こえる声量で報告した。

そういえば、フロント奥は事務所とつながっていて、昨日、小沢の甥の姿を見かけた裏口があるはずだ。

五分ほどして小沢も顔を見せ、「失礼しました」と一同に頭を下げた。

「まったく、そそっかしくて……」

「宏美さん、大丈夫ですか？」

育代はまた立ち上がると、小沢に声をかけた。するとその後ろから、少し脚を引きずるように宏美が現れた。

「ご心配をおかけしてすみません。段差があることを忘れて転んだだけなんです。ちょっと足首をひねっただけですから」

宏美はペコリと頭を下げて、照れ笑いを浮かべた。

「昨日から工事が入ってるんですよ。裏口の木の階段が傷んできたので補修することにしたんです。それで今、基礎工事のために段差ができているんですが、それを、忘れていたようで――」

そう言って小沢が呆れた様子で宏美を見やる。

「昨日までは覚えていたんですけど、一晩寝たらすっかりそんなこと忘れてしまっていて、ゴミを出そうと外に出たら、段ボールを抱えたまま二〇センチくらい下にガクンと……」

（……あっ）

そのときの情景が頭に浮かび、須美子は大きく口を開けた。

その様子に気づいた育代が「須美ちゃん、どうしたの？　大丈夫？」と声をかけたのにも気づかないほどに、須美子の思考は集中していた。

そして――。

「そういうことね！」

突然須美子が大きな声を出したので、顔を覗き込んでいた育代が驚いて身を仰け反らせている。他の面々も宏美から須美子に視線を移した。

「どうしたのよ、須美ちゃん。びっくりするじゃない」

「分かったんです。やっぱり育代さんの美的センスは本物だったんですよ」

「……？」

育代だけでなく、一同の視線が自分に集中しているのにも気づかず、須美子は言葉を続けた。

「あの絵、甥御さんの作品だったんですね」

須美子が壁に掛かった絵を指さすと、「え？　ええ、そうですけど……」と小沢は面食らったように須美子に返事をしたが、なんのことだかさっぱり分からないという顔をしている。もちろん他の客たちだってそうだ。

「育代さんが塩沢湖でお話ししていたあの背の高い男性、やっぱり小沢さんの甥御さんだったんですよ」

「え？　だって身長が……あっ！」

「はい。わたしたちが見たのは、裏口から出て行く姿だけです。そしてその裏口は二〇センチもの段差があった。だから、小さく見えただけだったんです」

「ああ、なーんだ。そういうことだったのね」

「……あの、小松原さんは甥と話をしたんですか？」

小沢が不思議そうな顔で訊ねる。

「ええ。昨日、塩沢湖で山の名前を教えていただいたの」

育代が答えると、「珍しいな。あいつひどい人見知りで、見ず知らずの人と話すところなんて最近じゃ見たことないんだけど」と、小沢は不思議そうな顔をした。

「あら、そうなの？　浅間山の隣の山が剣ヶ峰だって丁寧に教えてくれましたよ」

もしかしたらそれは、育代だから答えてくれたのかもしれないと須美子は思った。真ん丸のお月さまのような穏やかな顔。大仏様——というより大黒様や恵比寿様のような親しみやすい育代の笑顔には、思わずこちらも頬が緩んでしまう。花屋という客商売を長くやってきたことで身についたスキルなのかもしれないが、なんとなく、育代本来の人の好さがただ自然とにじみ出ているだけな気がした。

「そうですか。あいつもいい歳してやっと社会性が身についてきたのかな。ここの手伝いもさせられないほど、極度の人見知りでしてね。まあ、昔、大きな事故に遭ったせいもあるのですが——」

「……あ、そういえば夕食のとき、お父さんとお兄さんは事故で亡くなったっておっしゃってましたよね。もしかして、そのときに……」

育代が聞きづらそうに語尾を濁す。

「ああ、いえ。父と兄は、事故といっても自然災害です。甥が学生の頃、交通事故に遭って眠っている間に、二人が亡くなりまして。二十三年前に洪水で……」

「洪水！」「洪水？」

育代と須美子は思わず一緒に声を上げていた。ノートにあった「洪水の話」とはその災害のことを指しているのだろうか。花山も目を丸くしている。小沢は、「ああ、すみません。こんな話を――」と打ち切ろうとしたが、須美子が「聞かせていただけませんか」と懇願した。育代も真剣な顔で小沢を見つめる。

「え……あの」

小沢はお客様にこんな話をすべきなのかとしばし逡巡していたようだったが、客の要望なのだから隠す必要もないと判断したのか、おもむろに話し始めた。

「二十三年前、わたしがそれまで勤めていた会社が倒産して、仕方なくしばらく職探しをしながらこのペンションの手伝いをしていた年の秋のことでした。集中豪雨の影響で川が増水し洪水が起きた地域があったんですが、急ぎの用事で出掛けていた父と兄が、そこで車ごと流されてしまったんです。しかも、ちょうど甥が交通事故で生死の境を彷徨っているときだったので、あのときはどういう運命の悪戯《いたずら》かと思いましたね。……あいつの母親は幼い頃に出て行ってしまいましてね。祖母とも小学生のころに死に別れていましたから、ずっと女っ気のないむさ苦しい家庭で暮らしてたんです。そこへ今度は爺さんと父親がいっぺんにいなくなってしまうなんて――」

「……」

その場にいた全員が言葉を失い、神妙な顔で頭を下げた。

「……人生、いろいろありますなあ」

磯崎が言うと、実感の籠もった含蓄がある言葉に聞こえる。

「そうね。甥御さんがこれから幸せになってくれるといいわね。まだ若いんですもの！」

育代も努めて明るく言った。言葉には言霊《ことだま》があるというが、育代の明るさはいつも未来に希望が見えるような光をもって周囲を照らす。育代も若いときに夫を事故で亡くし、一人で花屋を切り盛りしてきた苦労人である。

「ええ……」

小沢は育代の言葉に何か言いかけたが、そのまま何も言わず頭を下げてスイングドアの向こうへ戻っていった。

部屋へ戻って歯を磨きながら鏡を見ていて、須美子は自分の顔がうっすら日焼けをしていることに気づいた。軽井沢の標高は約一〇〇〇メートル。東京より太陽に近い分、紫外線も強いのだろうか。

（大奥様にお嫁入り前なんだからって注意されるかしら？　でも、わたしはお嫁になんて……）

「須美ちゃん、須美ちゃん。これ見て」

育代は机に向かって手帳に二十三年前のことを書き出しながら、須美子を呼んだ。

「二十三年前に、いろいろなことが起こっているのよ。光羽ちゃんのお母さんが軽井沢を訪れたのが二十三年前。軽井沢で洪水があって小沢さんのお兄さんとお父さんが亡くなったのも二十三年前。それに甥御さんが交通事故に遭ったのも二十三年前。あ、そうそう磯崎さんご夫妻が軽井沢の別荘を手放したのも、二十年以上前って言ってたけど、もしかして……」

「それはさすがに関係ないと思いますけどね。あ、でも、小沢さんが勤めていた会社が倒産して、ここに戻って来たのも二十三年前でしたよね」

須美子が言うと、育代は「あっ！」と声を上げた。

「そうよ！　やっぱり、小沢さんが怪しいわよ！　二十三年前、お兄さんとお父さんが亡くなって、甥御さんは交通事故できっと入院していたわよね。だから、このペンションには小沢さん一人でいたときがあったはずよ。光羽ちゃんのお母さんはそんなときに軽井沢に来て、それで二人はここで出会った――どう、これが真相じゃない？」

「待ってください。光羽さんのお母さんが軽井沢に来たのって、花山さんの話だと今時分でしたよね。洪水と交通事故は秋ということでしたから、順番が違います。逆に光羽さんのお母さんがこのペンションに滞在していたとしても、それが、小沢さんの失業より前だとすると、光羽さんのお母さんを知らないと言ったのも嘘やごまかしじゃないと言えることになりますよ」

「ああ……そうね」

「ですから、光羽さんのお母さんが一か月滞在したのがこのペンションだったとして、接点があったとするなら、小沢さんの亡くなったお兄さんとお父さんの可能性のほうが高いかもしれません。――さらに言うなら当時四十歳だった光羽さんのお母さんの恋の相手ということなら、お兄さん……たしか、亜樹雄さんと仰いましたよね。その方の可能性が高いのではないでしょうか。さっき小沢さんが『あいつの母親は幼い頃に出て行ってしまいましてね』って言ってましたから、二十三年前、亜樹雄さんは独身だったと思いますし」

「あ、確かに！　それなら辻褄が合うわ」

「そして、その年の秋に亜樹雄さんが亡くなり、結婚の挨拶に相手がやって来たのも秋だったと花山さんが言ってました。ですから、もし結婚の挨拶に行った後に亜樹雄さんが亡くなっていたのだとしたら、光羽さんのお母さんを二度と訪ねてこなかったとしても不思議じゃありません」

「そうよ！　須美ちゃんさすがだわ!!」

「――ただ、可能性というなら、小沢さんのお父さんの繁樹さん、お兄さんの亜樹雄さんの他にもう一人いらっしゃいます」

「誰のこと？」

「小沢さんの甥御さんです。このペンションで暮らしていたとしたら、一か月も滞在していたお客さんと接点があってもおかしくありません」

「そうね。光羽さんのお母さんのことを知っているか聞いてみてもいいかもしれないわね。……でも当時学生さんだったたって言ってたわよね。四十歳だった光羽さんのお母さんとは……」

「ええ。そうなんです。あの方はお父さんというより……」

5

八時四十分を回った頃、二人はいそいそと部屋を出た。今から自転車で「発地市庭」へ行き、軽井沢の土産物を購入し、育代の提案どおり、一度ペンションへ戻ってくる予定だ。

「いってらっしゃいませ！」

「バッテリーは新品に交換してもらっておきましたから、今日は大丈夫ですよ！」

光羽と小沢に見送られ、二人はグンとペダルを漕ぎ始めた。

「発地市庭」は人気の施設らしい。駐車場には朝早くにもかかわらず、車がずらりと並んでいる。

店内は広く、様々な地元産の野菜や果物、それに軽井沢と銘打った土産物が所狭しと並べられ、地元で採れたフルーツを使ったジャムやジュースもある。高級なハチミツやコーヒー、紅茶やナッツなど、近所の商店街では見かけない種類の品々も須美子の目を引いた。

育代は日下部のために苺ジャムとクルミバター、自分のためにもいくつか物色し、次々とカゴに入れていく。

須美子は浅見家への土産として軽井沢産の生蕎麦《きそば》と数種類のジャム、そしてアカシアのハチミツを買い求めた。

ほんの十五分足らずの滞在だったと思うが、二人とも自転車の前カゴは土産物が占領し、須美子はバッグを肩から斜めがけにして自転車に乗ることになった。

軽井沢の太陽は今日も木々の若葉を明るく照らし、森のあちこちでたわわにつぼみをつけた房状の白い花が、春の訪れを祝福しているようだ。陽当たりが良く、気の早い木はもう花を咲かせ始めている。

「育代さーん、良い香りですねー。甘い花の匂いがします」

育代が速度を緩め、自転車を停めて須美子を振り返った。

「須美ちゃん、それはこの花の香りよ」

そう言って森からはみ出して頭上を覆っていた花を指さした。「さっき須美ちゃんが買っていた『アカシアのハチミツ』、あれの原料がたぶんこの花よ。でも『アカシアのハチミツ』って呼ばれてるけど、この花は本当は『ニセアカシア』で、正式には『ハリエンジュ』っていう植物なの」

「へえ、さすがお花屋さん！　詳しいですね」

「エッヘン！　もちろんよ。この花はね、天ぷらにして食べると、春の味がして美味しいのよー」

「食べられるんですか！」

「そうよ。ペンションの裏の森でも咲き始めた木があったから、全部咲いている房があれば分けてもらったら？」

「あ、いいですね。あとでお聞きしてみようかな……あれ、でもニセってことは、本物があるんですか？」

「ええ、そうよ。須美ちゃんもミモザは知ってるでしょ？」

「はい、黄色の可愛いほわほわした花ですよね」

「あれがフサアカシアっていって、言わば本家よ。どちらもマメ科の植物だったと思うけど……」

「へえ、全然違う花なのに不思議ですね」

「そうねえ、偽物にしたってもう少し似ててもよさそうなものよね」

「まあ親子でも似てないってこともありますもんね。わたしも母とはあまり似ていないんです」

「あら、女の子はお父さん似のほうが幸せになれるって言うわよ」

「それって、よく耳にしますけど、どういう理由なんでしょう？」

「そう言っておかないと、父親似の娘がショックを受けるかもしれないって、昔、全国のお父さんが集まって決めたらしいわよ」

「本当ですか？」

「さあ、どうかしらね」

育代は笑ってまた自転車を漕ぎ出した。


「ペンション森の樹」に戻ったのは、九時三十分頃だった。

二人が「ただいま戻りましたー」と声を揃えて玄関を入ると、ほとんどの参加者がまだリビングで寛いでいる。

二人は両手に提げた土産物を、一旦部屋へ置きに行き、またすぐに「いってきまーす」と言って玄関を出た。

今日は昨日とは反対回りに自転車を走らせ、旧軽井沢を目指すつもりだ。

ゴルフ場沿いに進む道は爽やかでサイクリングにはうってつけだ。昨日は日が暮れかけていたのと、疲れがピークに達していたのとで景色を見る余裕がなかった。今日は木々の間から見える、色鮮やかなゴルフコースを目の端で捉えながら風を切って進む。時折、「ナイスショット！」のかけ声が聞こえてくるのにも、軽井沢らしさを感じた。

やがて「治安の礎」と書かれた石碑のある十字路に差しかかる。一九七二年に起こった「浅間山荘事件」の顕彰碑だ。連合赤軍の残党が浅間山荘に立てこもり、機動隊が出動するも死者三名、重軽傷者二十七名を出した事件だ。知識として、そういう事件があったことを知ってはいたが、舞台が軽井沢だということに須美子はあらためて驚いた。

プリンス通りに出ると、ひたすら北へ向かって直進する。バッテリーは満タン、起伏も少ない道路が続く。風は穏やかでうらうらとひなたぼっこでもしたくなるような陽気だ。

いくつかの信号を通過し、やがて見覚えのあるボウリングのピンが現れた。新幹線としなの鉄道の下を潜り、新軽井沢の信号を渡ると、そのまま直進する。

途中、昨日育代を迷宮に誘った魔のロータリー「六本辻」が出現した。

「旧軽井沢はあっちね。へえ、こっちに行くと雲場池ですって。素敵な名前ね。先にちょっと行ってみましょうか」

「そうですね。池は二十三年前にもあったでしょうし、『本当の軽井沢』の手がかりがあるかもしれませんね」

今日の育代は落ち着いて看板を指さし、自転車を押してラウンドアバウトを渡っていく。

雲場池はカモが泳ぎ、静かな水面には向こう岸の若葉と、その上の青空が鏡のように映って美しい、「ザ・軽井沢」と言えそうな風景だった。池という名前から想像するよりも大きく、ちょっとした湖くらいの規模ではあった。

ほとりは遊歩道になっていて、水辺を一周できる。

育代は日下部のために写真を撮りながら、須美子は光羽の問題を考えながら、しばし散歩をした。

「この美しい自然の風景も『本当の軽井沢』なのかもしれないけれど、あの問題の答えになるようなことは何も思いつかないわ……」

「……はい。でも、なんだかとてもリフレッシュした気分です」

「よし。じゃあ、今度こそ旧軽井沢を目指して出発よ！」

育代は勢いよく自転車に飛び乗り、足取りも軽くペダルを踏む。どうやら昨日の疲れは出ていないようだ。

六本辻の交差点に戻り、しばらく走ったところで、前を走っていた育代がスピードを落とし、日だまりになっていたカフェの駐輪場に自転車を滑り込ませた。須美子も慌ててブレーキをかけ、育代の隣に自転車を停めた。

「どうしたんですか？　育代さん」

「ちょっとだけ、ここで休憩していかない？」

風に乗って甘い香りが漂ってくる。

「育代さん、朝食のパン、いくつ食べましたっけ？」

「そんな昔のこと、もう忘れちゃったわ。それにわたしの体、燃費が悪くて、すぐにガソリンが無くなっちゃうのよ。だから、ね？　お願い」

育代は両手を合わせて、小首を傾げてみせる。

「もう、分かりましたよ。じゃあ三十分だけ休憩しましょう」

「やった！」

ちょうど黒いエプロンをつけた男性が、玄関の札を「ＯＰＥＮ」にするところだった。時計の針は十時三十分を指している。

店はこぢんまりしているが、レトロな雰囲気が漂うケーキの美味しい喫茶店であった。

琥珀色の壁には、霧に包まれた軽井沢の森の幻想的なポスターが貼ってある。そういえば以前、テレビで軽井沢特集の番組をやっていたが、そのとき年間百日以上も霧が発生する町だと紹介されていた気がする。

「軽井沢って、どうして軽井沢っていうのかしら――」

注文したケーキを頬張りながら育代が突然言い出したので、須美子も「たしかにそうですよね。それは小沢さんの話にも出てきませんでしたね」と同意した。育代も壁のポスターに目を向けている。

こんな時、久保と南のようにスマホがあれば、すぐに調べられたのかもしれないが、あいにく育代も須美子も、世間でガラケーと呼ばれる携帯電話しか持っていない。このカフエのマスターは小沢よりずいぶん若そうだが、知っているだろうか。

——と、不意にクラシカルな音色が聞こえた。店の電話の呼び出し音だ。マスターは受話器を取ると、静かな口調で話しはじめる。それもまた、この店の雰囲気によく合っていた。

「あ、いけない……」

須美子は昨夜、浅見家へ電話をした時に、今日の夕食の準備に間に合わないと伝え忘れたことを思い出した。おそらく賢明な和子は心得ているだろうが、それでも断っておかなかったのには気が引けた。

「すみません、わたし、ちょっと浅見家へ連絡を……」と育代に断って席を立つと、須美子は電話中のマスターに携帯電話を見せながら会釈をして、外に出た。

「もしもし、須美子です」

「お、須美ちゃん！」

浅見家の電話はリビングにある。電話に出たのは光彦であった。

「あ、坊っちゃま」

「どうだい軽井沢はいいところだろう」

「ええ。風が爽やかで、空気も澄んでいて、森もたくさんあって素敵なところです……ただ――」

「ん？　もしかして、内田さんにでも会っちゃったとか？」

「…………」

「え、本当なの？　軽井沢も狭い町だねえ」

「いえ、わたしが一方的にお見かけしただけなのですが……あの坊っちゃま、お気をつけください。あのセンセは、また坊っちゃまの事件簿を狙っています」

内田が昨日、ティーサロンで『浅見ちゃんが新しい事件簿をくれれば、原稿なんてちょちょいのちょいと書いちゃうんだけどさあ』と、調子のいいことを言っていたのを思い出しながら、須美子は告げる。

「ああ、このあいだ電話がかかってきたよ。浅見ちゃんは僕がどうなってもいいのかいって、泣きそうな声で言ってたけど……」

光彦の人の善さにつけ込んでは事件簿を横取りし、まるで自分の手柄のように発表するセンセに、須美子は心の中で舌を出した。

「で、それ以外は楽しんでるんだろうね？　あ、そうだ。謎解きのほうはどうなの？」

できれば名探偵の智恵を借りたいところであったが、光羽のプライベートなことを勝手に話してしまうのははばかられ、代わりに須美子はさっき育代との会話で気になったことを訊ねた。

「坊っちゃまは軽井沢の地名の由来ってご存じですか？」

「ああ、知ってるよ。軽井沢は昔――」

あっさりと肯定すると、光彦は要点をかいつまんで話してくれて、最後にある情報を付け加えて説明を終えた。

「えっ……!!」

その瞬間、須美子の体に雷に打たれたような衝撃が走った。

(今……何か……)

「――とまあ、須美ちゃんもさっき言ってたけど、文字どおり軽井沢は澄んだ町なんだよ」

「……そう、そうだったんですね」

少しずつ、頭の中に輪郭を持った何かが顔を見せ始め、やがて須美子はその正体を理解した。そして、声が震えるのを抑えながら、須美子は自然とあることについての質問を重ねた。

「――あの、坊っちゃま、教えていただきたいのですが――」

須美子は、空中に文字をなぞりながら、電話の向こうの光彦に説明した。

「……なるほど。例の理義字の問題に関係した話かい？」

「えっ？」

「あれ、違うの？」

「ど、どうして、坊っちゃまはそう思われたんですか？」

「このあいだのチラシに書かれていた――」

（あっ……）

光彦の説明を聞き、須美子はまたも自分の迂闊《うかつ》さを恥じ入ることになった。

「ありがとうございます坊っちゃま！　あ、夕方には帰りますが、お夕食の準備の時間に間に合わないことを、若奥様にお伝えいただけませんでしょうか」

「義姉《ねえ》さんには伝えておくけど、気にしなくていいんだよ。今日は休みだって言っただろ。帰りはゆっくりでいいから、存分に楽しんでおいでよ。あ、小松原さんにもよろしく伝えてね」

光彦の優しさに再度礼を言って、須美子は満面の笑みで電話を切った。

店内に戻り、「さすが坊っちゃまだわ……」と呟きながら須美子は席に着く。

「須美ちゃん嬉しそうね、どうしたの？　坊っちゃまって言ってたけど電話に出たの『光彦坊っちゃま』だったの？」

育代は須美子がいつも呼んでいる呼称をまねて言った。

「はい。育代さんによろしくって言ってました。あ、それより、日下部さんが言っていたサーカスとフレッシュの謎が分かりましたよ。ふふ、育代さんらしいですね」

須美子はそこでしばらく笑ったあと、不思議そうに見つめる育代に向かって「やっぱり日下部さんもすごいですね！」と伝えた。

「へへへ、ありがとう」と日下部のことを褒められて育代は相好を崩した。しかしすぐに気づいて「あら、日下部さんもってことは、浅見家の光彦坊っちゃまもすごいってことね」

「はい！　坊っちゃまのお陰で謎はすべて……多分、解けました」

「謎はすべてって、もしかして光羽ちゃんのお母さんのあの問題のこと？」

須美子はゆっくりとうなずいてから、「みどりさん、いえ、みどりさんが残した答えを見つけました」と口にした。

「え？　みどりさんって誰……？」

不思議顔で首を何度も傾げる育代に、須美子はここが静かな喫茶店の店内でなければ、快哉を叫びたい気分だった。

第五章　ほんとうの軽井沢

1

十一時十分、予定を少しオーバーし喫茶店を出ると、見知った顔が目の前の道を横切っていくのが見えた。

「今の花山さんじゃない？」

育代も気づいたようだ。

「追いかけましょう！」

「え、ちょっと……須美ちゃん……」

須美子は自転車に飛び乗ると、急いで漕ぎ始めた。

花山は今日、念のため白い風見鶏があるプチホテルやペンションを探し、二十三年前に姉が泊まっていなかったかどうかを聞いてみるつもりだと言っていた。

「花山さーん！」

背中に近づきながら声をかけるが届かないようだ。もう少し——と思ったとき、非情にも信号が変わった。

花山は黄色でぎりぎり渡って行ってしまったが、須美子は急ブレーキをかけて停まった。

「……須美ちゃーん、待ってー……」

遥か後ろから育代の声が聞こえた。

「あ、育代さん……」

「こっちは旧軽と反対方向よ」

横に並ぶと、育代はふーっと一つ息を吐いて言った。

「……すみません。わたしったら……つい夢中になってしまって」

須美子はようやく冷静になった。育代が行きたがっていた目的地を思い出し、慌てて自転車の向きを変えようとする。

「あ、待って。須美ちゃん、花山さんに話があるのよね。それって光羽ちゃんのことでしょう？」

「はい。一緒にペンションに戻って話を聞いてほしくて——」

「分かったわ。じゃあ、そっちのほうが大事よ。花山さんを追いかけましょう」

そう言って育代は力強く須美子の背中を叩く。

「はい！」

だが、信号一回分のハンデは大きかった。

青になってすぐに走り始めたが、カーブの先に花山の姿は見えない。

しばらく真っ直ぐに走ったが、この通り沿いにプチホテルやペンションはなさそうだと気づいた。

光羽のお手製のガイドブックには、「ペンション森の樹」以外の宿が掲載されているわけはないだろうから、花山はおそらく自身で市販のガイドブックを購入し、それに従って宿という宿を回っているに違いなかった。

そうなると須美子たちには、どこをどう探していいものか、見当すらつかない。

細道をくねくねと何本か入り込み、花山の自転車が停まっていないか、または自転車に乗った後ろ姿が見えないかと必死で走り回ったが、結局見つけることはできなかった。

気がつけば、先ほど花山を見失った場所の近くへ戻ってきていた。

「……須美ちゃん、お蕎麦でも食べに行かない？」

時刻はすでに正午を回っていた。

「そう……ですね。お昼にしましょうか。信州へ来たんですから一度くらい、お蕎麦を食べておきたいですよね」

二人は軽井沢中学校前の信号を渡り、南下した。光羽のガイドブックには、塩沢通りと記載されている。この道は昨日、塩沢湖から離山を目指していたときにも通った道だ。

緑のトンネルのような道路を進み、塩沢の信号の傍にある「志《し》な乃《の》」という蕎麦屋を目指した。ここは光羽のガイドブックで「イチ押し！」と書かれていたのだ。

暖簾をくぐる前から、蕎麦や出し汁、それに天ぷらの良い香りが漂ってくる。

「いらっしゃいませー！　少々お待ちください」

威勢の良い女性の声が、満席の店内に響いた。

「お待たせしました。並びの席でもよろしいですか？」と聞かれ了承すると、案内された大きなテーブルの向かいにはなんと、花山が一人で座っていた。

「あっ、花山さん！」

「もう、こんなところにいたのね。探したのよ！」

何も知らない花山は眉をひそめる。

「俺になんか用か？」

「はい」と須美子が答えると、「でもその前にお昼ご飯を食べましょう！」と育代がメニューを開いた。

花山もまだ来たばかりらしく、一緒に注文した。

「そんなに食べきれるのか？」

店員の女性が去って行くと花山は目を丸くした。須美子は「田舎蕎麦」、花山は「にしん蕎麦」、そして育代はさらしな蕎麦とおらが蕎麦の「相盛り蕎麦」というのを頼んだ。育代だけ大盛りだったが、花山が心配しているのはそこではなかった。

育代はさらに、「上天ぷら盛り合わせ」に「だし巻き玉子焼き」、さらには花山が「にしん蕎麦」を注文するのを訊いて、「にしんのつまみ」まで頼んでいたのだ。

「だって、どれも美味しそうなんだもの」

そう答えてから育代は「須美ちゃんたちにもお裾分けするからね」とウインクするが、花山は「俺はいらん」と、そっぽを向いた。

ほどなくして、注文した品がテーブルに並んだ。須美子は心の中で、あまりお裾分けしてもらっても、わたしは食べきれないかも——と不安を隠せなかった。花山は我関せずといった顔で、七味を振りかけている。

「全部、食べられますかね？」

須美子が訊ねると育代は、「大丈夫、大丈夫。午前中はバッチリ運動したんですもの。これくらい食べないとこの先エンストすると困るから」と言って、豪快に食べ始めた。

結局、須美子にお裾分けしてくれた玉子焼き一切れとかぼちゃの天ぷらを除き、育代はすべてひとりで平らげた。

「うーん、美味しかった！」

満足そうに腹をさする育代だったが、「デザートはどうしようかしら。『蕎麦がき善哉《ぜんざい》』

とか『アイスクリーム』があったわよね……」と本気で悩んでいる。

電動アシスト自転車でのサイクリングを運動と呼ぶかどうかはともかく、育代の健啖ぶりには須美子はもちろん、花山も舌を巻いているようだった。

2

「ただいま戻りましたー」

育代と須美子が玄関で声をかけると、小沢がフロントの中から出てきて「お早かったですね、集合時間は四時でしょう……おや、花山様もご一緒でしたか」と驚き顔で迎えてくれた。

リビングの時計はまだ午後一時を回ったばかり。他の参加者は、軽井沢観光を楽しんでいるまっただ中だろう。突然の帰館に小沢が驚くのも無理はない。

「お蕎麦屋さんでね一緒になったの。お蕎麦だけじゃなく、天ぷらもにしんもだし巻き玉子も、すっごく美味しいお店だったわ」

「……ずいぶんお召し上がりになったんですね。どこのお店ですか？」

「えーっとね、光羽ちゃんがイチ押しって書いてた『志な乃』っていうところ」

「ああ、あそこは絶品ですね。たしか、この町に住んでいる作家先生もお気に入りのお店なんですよ」

「あら、そうだったの。作家が愛する軽井沢の蕎麦屋――素敵ね！」

育代は嬉しそうだが、須美子はもしかしてその作家とは例のセンセじゃないだろうかと勘ぐった。まあ、そうだったにしろ、遭わずに済んだのだからこれ以上、拡げる話でもないだろう。

「なあ、早く教えてくれ」

花山は急かすように須美子に声をかけた。

先ほど蕎麦屋で、すべての謎が解けたかもしれないと花山に伝えたからだ。だからこうして、花山も一緒にペンションへ戻ってきたのだ。

「光羽さんは？」

須美子の問いに小沢は、「多田さんは運転手さんたちと次回の下見だとかで出掛けてますよ」と答えた。

「そうですか。ちょっとおしゃべりしたくて戻ってきたんです。リビングをお借りしてもいいですか？」

「ええ、もちろん。今、宏美も買い物に出ていますが、わたしの淹れるお茶でよろしければ――」

「いいえ、お構いなく」

た。

須美子はオーナーに礼を言ってお茶を辞退し、育代と花山と共にソファーに腰を下ろし
今夜は泊まり客がいないそうで、集合時間までのあいだ、部屋の荷物はそのまま置かせてもらっているし、館内にも自由に出入りしていいと言われていた。

小沢はリビングの一角にあるフロントカウンターへ戻り、何やら事務仕事を始めた。須
美子は座ったばかりのソファーから立ち上がると、カウンターへ近づき静かに声をかけた。

「あの、小沢さん。二つお聞きしたいことがあるのですが――」

須美子の二つの問いに虚を衝かれたような表情を浮かべた小沢は、どちらにもうなずい
て「ええ」と答えた。

その間、育代と花山はしつけの良い大型犬のように、黙って須美子の一挙手一投足をじ
っと見守っていた。

「ありがとうございます。あ、小沢さんも一緒にいていただけますか」

「……はあ」

なんだかよく分からないがといった面持ちの小沢を誘い、須美子は再びソファーに座る。

隣の席を勧めたのだが、小沢は「わたしはここで」とテーブルの横に立った。

「なんで、この人も一緒なんだ」

花山はサングラスのレンズの上から訝しむように小沢を見上げる。育代も不思議そうだ。

「話を聞いていただければ分かりますので」

須美子がそう言うと、花山は「ふん」と鼻を鳴らし、ソファーにふんぞり返った。

「——まずは光羽さん抜きで、わたしの推理を聞いていただきたいと思います」

少しあらたまった口調で須美子が言うと、育代が姿勢を正す。

須美子は目の前の二人の顔を交互に見て、最後にいったい何が始まるのかという顔の小沢にも一瞬視線を走らせた。

そして、ひとつ咳払いをしてから話しはじめた。

「花山さんは軽井沢の地名の由来ってご存じですか？」

突然、関係のなさそうな話に顔をしかめつつも花山は「いや……」と答えた。須美子はその答えにひとつうなずくと続けた。

「こおりさわ——凍結の凍に冷たいと書いて凍り冷わと読むそうなんですが、そこから転じたという説や、軽石の沢からきたという説、それに水が涸れた沢で涸れ沢から来たという説もあるそうです。それらを聞いていて思ったんですけど、どれも最後の『沢』の字を濁らずにさわと読むんですよね。実際、昔は『かるいざわ』ではなく、『かるいさわ』と呼ばれていたそうなんです。それが明治になって外国人が多く訪れるようになると、『さわ』という発音が難しかったそうで、『かるいざわ』と変わって——」

「なあ、それがどうしたんだ。関係ない話はまた今度にしてくれ」

花山は貧乏揺すりをしながら口を挟む。育代は訳が分からないといった顔で、須美子をじっと見つめている。軽井沢のことに詳しい小沢は知っているだろうが、その話に自分がどう関係があるのだろうか――と、考えているようだ。

「……では、まずは、花山さんが電話で聞いた『本当の軽井沢の話、面白かった』というみどりさんの言葉ですが――」

「ちょ、ちょっと待ってちょうだい。須美ちゃん、さっきも言ってたけど、みどりさんって誰のこと？」

育代が我慢できずに口を挟んだ。

「俺の姉……光羽の母親だが」

何も知らない小沢は、花山が「光羽」と呼び捨てにしたことに驚いた様子である。

「ヒスイのスイと書いて、翠さんですよね」

「あ、ああ。光羽から訊いたのか？」

「いえ、光羽さんからはお聞きしていません。追って説明します」

須美子が二人の顔の前に細い人差し指をぴっと立てると、育代と花山はそろって開けていた口を閉じた。

「『本当の軽井沢の話、面白かった』という翠さんの言葉、これは、光羽さんが持っていた翠さんのネタ帳の走り書き、『本当の軽井沢は終わりじゃない』と同じ話だと思います。

この意味は『かるいざわ』ではなく『かるいさわ』ということを指しているんです。どういうことかというと、『ZA』が『SA』になる。つまりアルファベットの終わりの文字、Zではないという意味だと思います。パズル作家ならではの表現ですね。翠さんは、このことから、ZをSに変えて成り立つ言葉の問題を思いついたんだと思います。その証拠に、二つ目の走り書き『白い風見鶏はわたし』は、ZをSに変えると『しろいかさみどりはわたし』となります。これは問題を作る過程で書かれた走り書きですから、ごくプライベートな内容ですが、光羽さんが持っている折りたたみの白い日傘は、元々は翠さんの持ち物だったのではないかと思います」

「あっ！　それで『みどり』って名前だって分かったのね。すごいわ須美ちゃん！」

「それだけではないのですが……」と言いかけた須美子に被せるように、「……あら、でも光羽ちゃんが日傘をさしてるところなんて見なかったわよ？」と育代が首を傾げた。

「ええ、添乗員さんが日傘をさしていては仕事になりませんからね、仕事中には使わないのだと思います。それなのにあの大きなバッグの中には、たしかに白い日傘が入っていました。わたしも最初は、なぜ使わない日傘を持ち歩いているのかと不思議に思いましたが、お母さんの形見だという髪留めのことをきいて納得しました。おそらく今回の軽井沢ツアーには特別な思いがあって、バッグに入れてきたのではないでしょうか」

「ああ……そう、そうよね……」

育代は光羽の気持ちを推し量るのか、床の一点を見つめてセンチメンタルな顔をしている。

「白い傘を愛用していた翠さん。それはわたしであるという、少し強引であるが故に、謎めいた言葉になったのだと思います」

「じゃあ、もう一個の『洪水の話』ってのはどういうことだ」

花山は、先ほどから身を乗り出して「新事実」を聞いていたが、須美子の言葉が途切れると嚙みつくように先を急かした。

「これも同じように考えると、『こうすいのはなし』です」

「あ、小沢さんのお父さんとお兄さんの洪水の話じゃなかったの――」

育代が小沢にチラッと視線を向けた。先ほどまで、自分にはまったく関係のない話を聞かされていると思っていた小沢は、突然、渦中に巻き込まれてギョッとした顔をしている。

「ええ。そもそもその洪水が起きたのは二十三年前の秋と小沢さんはおっしゃってましたよね。ですから、その秋には家を出てしまった花山さんが、軽井沢旅行から帰ったお姉さんの電話でよく耳にしていた言葉として記憶していたのはおかしいと思ったんです」

「たしかに……俺が『洪水』のことを耳にしたのは、夏頃だったと思う。だから、秋の洪水の話を前もって予見していたというのはおかしいな。それで香水ってのは……彼からもらったプレゼントとかそういうことか？」

「わたしも最初、これが『こうすい』だと考えたとき、真っ先にフレグランスの香水が浮かびました。でも、おそらくこれは硬い水のほうの『硬水』だと思います」

「コウスイ違いか」

「はい。わたしも二日間軽井沢で過ごしてみて、コーヒーや紅茶の味の違いに驚いたんです。もしかしたら関東で生まれ育った翠さんも、水の違いに驚いたのではないでしょうか。そして出会った彼ともその話をした。つまり『こうすい』は水質の話、軟水・硬水の『硬水』の話だったのではないか――と。まあ正直、『こうすい』に関してはあくまで想像の域を出ないのですが――」

　ここへきて、須美子は少し自信なげな表情を見せる。

「……じゃ、じゃあ、この問題も『Z』を『S』にすればいいということ？」

　育代は『軽井沢。不在の証。宝は登山の下、火山の上』と書いたメモを取りだした。

「はい」

「……ええと、『かるいさわ。ふさいのあかし。たからはとさんのした。かさんのうえ……『とさんのした』と『かさんのうえ』って何かしら」

「あ、こっちはもう一つ考えなくてはいけません。この『へ』の字をした記号です」

「……記号？」

　育代だけでなく、花山も首を傾げる。

「これ、サーカムフレックスという長音を表す記号だったんです」

「あっ、それよ、それ！　日下部さんが言っていたサーカスとフレッシュ！」

須美子は育代の聞き違いに、思わずまた笑ってしまった。

「ああ、ローマ字についてたあれか。昔、習ったな」

一方の花山は昔のことを思い出すのか遠い目をした。

「はい。母音の上につけてその文字を伸ばして読む、という記号ですね。つまり『軽井沢。夫妻の証。宝は父さんの下、母さんの上』このことから導き出される宝とは、光羽さんのこと。そして翠さんのお相手は……あなたです」

須美子は右手の人差し指をビシッと横に伸ばす。

「え、やっぱり小沢さんが光羽ちゃんの……」

「いいえ、オーナーの小沢さんではなく、あちらにいらっしゃる——小沢あきらさんです」

スイングドアの向こう、裏口からちょうど帰ってきた長身の男性に向かって須美子は声を大きくした。

「あきらさんて誰？」

育代はまた目を白黒させて須美子を見つめた。

小沢の甥は、不思議そうな表情で、「僕に何か？」とカウンターに顔を出した。長い前髪の隙間から、何事かと一同を見回している。

「吉田さん。さっきわたしに『甥御さんの名前はあきらさんですよね』って確認にいらっしゃいましたが、どうしてこいつの名前を知っていたんです？」

小沢が訊ねた。

「絵の署名の『a.ozawa』と翠さんのあの『問題』から考えると、それしかないと思ったからです」

「……!!」

先ほどまでここにいなかった彼には、訳の分からないことばかりだろう。たまたま、カウンターの後ろにある裏口を入ってきただけなのだ。最初は自分の話だとは思ってもいなかったに違いない。

だが、翠の名前を聞いた瞬間から、その痩せた長身を電信柱のように真っ直ぐに伸ばし、幽霊にでも遭ったかのように――いや自分自身が幽霊のごとく青ざめた。そして、ゆっくりとカウンターを出て、須美子たちのもとへ近づいてくる。

一方、オーナーの小沢はよく分からないという顔で首をひねるばかりだ。

「ちょっと待って、須美ちゃん。この方、どう見ても三十代よ。ねえ？」

育代の質問に答えたのは叔父の小沢だった。

「いえ、先ほど吉田さんにも聞かれましたが、今年四十三です。小松原さんには今朝、『まだ若い』と言ってもらいましたが、そこまで若くもないんですよ。若い頃は老けて見られましたが、三十を過ぎる頃から逆に若く見られるようになりまして、あの、それがどういう……」

小沢が訊ねようとするのを育代が「四十三歳だとしても、二十三年前は二十歳。光羽ちゃんのお母さんは四十歳よ」と遮った。

「はい。二〇センチの段差ならぬ二十歳の年の差ですね。つまりあきらさんが生まれたときには翠さんはもう二十歳。『お前が生まれたときにはもう翠は今のお前と同じ年だったんだぞ』とお祖父さんはおっしゃったんです」

「あっ！　光羽ちゃんがお祖母さんからきいたっていう『お前が生まれたときには——』って話！」

「そうです」

育代は光羽から訊いた話を思い出したようだ。

「じゃあ、光羽ちゃんのお祖父さんは、年の差がありすぎることで反対していたの……」

「そうだと思います」

須美子自身、最初、ありうるとしたら彼は光羽の兄ではないかと考えていた。つまり、

小沢オーナーの兄・亜樹雄が光羽の父親ではないか——と。あきらは見た目が若いせいもあり、小沢が二十三年前、交通事故に遭ったとき学生だったと言っていたから、勝手に中学生くらいだっただろうと決めつけてしまっていた。実際、今、目の前で見ても四十三に

はとても見えない若々しさだ。

「あ、そういえばこのあいだ、テレビで奥様が二十三歳上っていう芸能人のご夫婦を見たわね。なんだかお似合いのカップルだったわ。うん、年の差なんて関係ないのよね。大事なのはやっぱり愛よ」

夢を見るような瞳で言った育代に、須美子もうなずいて続けた。

「第一、お二人とも成人しているのですから問題はありません。ですが、お祖父様にとっては不安だったのでしょう。大事な娘をこんな若造にと思ったのかもしれません……あ、失礼なことを言ってすみません」

「じゃ、じゃあ。まさか、そいつが……！」

花山は掴みかからんばかりの勢いで立ち上がる。

「ちょ、ちょっと待ってくださいよ。勝手にこいつをおかしな話に巻き込まないでやってください。それにこいつはこの年でまだ恋人もいない体たらくなんですよ。それをあなた方は突然何を言い出すんです、悪い冗談ですよ」

甥っ子を庇うように、小沢が話を遮った。

「あきらさんの字は、日の光と書いて『晃』ですよね」

「……………」

晃は混乱した表情を浮かべたまま黙ってうなずいた。

「日という字の下に光ると書いて晃さん。卒という字の上に羽と書いて翠さん。つまり、父さんの下は『光』、母さんの上は『羽』。夫妻の証である宝は『光羽』さんです」

「……!!」

翠が残した問題を知らないであろう晃だが、須美子の言わんとしていることに動揺して、酸欠の金魚のように口をパクパクとさせた。

「……晃さん、多田翠さんは、あなたが二十三年前、真剣に結婚を考えた女性ではありませんか？」

晃はまだ完全には意味を理解できていないようだったが、旧式のロボットのように「……翠……彼女は……僕の……愛した女性です」と口にした。

「えええ！　じゃあ、ほ、本当に彼が光羽ちゃんの……!?」

育代の驚きは、絶叫となって館内にこだました。

「お前が姉貴を！」

花山も同じくらい声を張り上げて一歩前に出る。

「待ってください花山さん！」

須美子がその前に立ちはだかった。

晃はなおも話の全体像がつかめず、須美子と、そして叔父の顔を代わる代わる見た。小沢は自分にもさっぱり分からないとばかりに首を振る。

「晃さん、よく聞いてください。光羽……多田光羽さんは今回のツアーの企画立案者で、北の街観光株式会社というバス会社の社員です。そして――」

須美子はそこで一旦口を閉じ、深呼吸をして厳かに言った。「そして、二十二年前、翠さんとあなたのあいだに生まれたお嬢さんです」

「えっ！」

驚きの言葉を漏らしたのはオーナーの小沢だった。

晃は茫然自失のまま、言葉の意味を考えている。全員が息を殺して時が経つのを待った。

「……そ、そんな……まさか、彼女が妊娠していたってことですか……。はは、そんな馬鹿なことが……じゃ、じゃあ、どうして……」

突然父親宣言をされた晃は動揺を隠せない様子で、心の声が口からポロポロとこぼれ出ている。

「あなたと翠さんは、軽井沢で過ごした思い出を何度も繰り返し電話で話していましたよね。こちらの花山さんは翠さんの弟さんで、その電話をたびたび耳にしているんです。キーワードは『昔の軽井沢の話がおもしろかった』、『カエルが大きくなる』みたいな話。それは、小沢という名前のZをSに変えると大きくなるという意味ですよね」

「ちょ、ちょっと待ってちょうだい。えーと、小沢はローマ字でOZAWAよね。そのZをSに変えると……OSAWA。おさわ……おおさわ……あ、小沢が大沢ね。本当、大きくなったわ！」

育代がメモ帳に書いて確認する。

「育代さん。あの問題を見せてあげてください」

「分かったわ」

育代が例の問題を写し取ったメモ帳を晃と小沢に見せ、そして、須美子がことの経緯を説明した。

やがて、ひととおり須美子が語り終えると、リビングには空気の張り詰めた音しか聞こえなくなった。窓の外は明るい太陽の日差しが降り注いでいるというのに、部屋の中は一気に気温が下がったように冷たい早春の気配が支配した。

「でも……」

沈黙を破ったのは晃だった。「でも僕は、捨てられた……。彼女は幼い頃出て行った母親と同じように、僕に見切りをつけて――」

突然、晃が独り言のように言って、また口を閉ざした。

「晃さん、それは誤解です」「なんだと！　おまえが姉貴を捨てたんだろうが！」

須美子と花山がほとんど同時に口を開いて、顔を見合わせた。

花山は押し切るように、言葉を続ける。「姉貴はな、最後までこの紙を握りしめていたんだぞ！」

須美子を押しのけるようにして、花山は晃の前へ行き、「結婚、出産、三人の生活。絶望」と書かれた紙片を目の前に突きつけた。

「これは姉の形見だ」

「……形見……え？　か、形見ってどういうことですか！」

「姉貴は光羽を産んですぐに死んだよ」

「……そ……そんな……」

晃は震える手で紙片を手に取り、書かれている文字を凝視する。

「姉貴も、自分でもまさかあんな形で死んじまうなんて思わなかったんだろう。自分で書いたこのメモをいつも握りしめていた。俺たちは中身を知らなかったから、お守り代わりの――あんたからの手紙かなんかだろうと思っていたんだ。だが亡くなった後で姉の手の中にあったこの紙切れには、『絶望』という文字が書かれていた。……おふくろもずっと後悔していたらしい。自分が夫を諫め、説得して、娘の希望に添うようにあんたとの結婚を承諾させてやっていれば、『絶望』を握りしめて死なせることはなかったのに、とな。俺だって今でも後悔してるんだ――姉貴は……姉貴は最後まで……」

「違うんです!!」

須美子が大声で叫んだ。それは悲鳴のようにその場を支配した。

「……花山さん。違うんです。終わりじゃないんです……」

「終わりじゃ……ない……あっ、ま、まさか、これもZでなくS……」

花山の顔が青ざめ、よろめくように近くのソファーに座り込む。

「……そうです。『絶望』ではなく、『切望』なんです。翠さんは、晃さんとの結婚を、二人の愛の結晶を、そして三人での生活を……心から望んでいたんです！」

「あ……あぁ！」

晃は膝から崩れ落ちると、翠の残した想いを握りしめたまま哭《な》いた。愛する人が二十二年前に亡くなっていた事実を知らされ、自分が捨てられたのではなかったという現実を突きつけられて、思考能力も感情のコントロールも効かなくなったのだろう。大きな体を丸め、滂沱《ぼうだ》の涙を流し続けた。

3

「ぐすっ……さすがね須美ちゃん」と、晃のあとすぐにもらい泣きした育代は、「……やっぱり須美ちゃんは名探偵よ」と目を擦りながらつぶやいた。

「違います。坊っちゃまにヒントをもらって、本当に偶然、気がついただけなんですから」

浅見家へ電話した際、須美子は光彦から言われたことを思い出した。

＊

「……なるほど。例の理義字の問題に関係した話かい？」

「えっ？」

「あれ、違うの？」

「ど、どうして、坊っちゃまはそう思われたんですか？」

「このあいだのチラシに書かれていたバス会社の多いに田って書く人って、『ただ』さんじゃなくて『おおた』さんて読むのかなと思ってさ」

「え、ええ。そうですけど……それが何か、関係があるんですか？」

「だって『おおた』はヘボン式なら『O』『T』『A』。『O』の上に、須美ちゃんがいま説明してくれた、ひらがなの「へ」みたいな記号や棒線で長音を表すサーカムフレックスがつくじゃないか。サーカムフレックスをつけず、単に『O』『T』『A』とすることのほうが多いけど——」

＊

光彦がチラシの名前を覚えていたこと、そして話の断片からそこまで推測したことに、須美子はあらためて感嘆の吐息を漏らした。近所では浅見家の居候などと陰口をたたかれ、家内ではできの良い長男の陽一郎と比べられることの多い光彦だが、須美子はその真価を充分すぎるほど知っている。

浅見家の大奥様・雪江にはいつも「光彦はまた探偵の真似事をして」と叱られているが、こういうことがあるたびに、やはり本物の名探偵は違うなあと、心の中で尊敬せずにいられないのである。

「二十三年前……」

不意に、晃の声がこぼれだした。「ちょうど……今頃の季節でした」

小沢に手を引かれるようにソファーに座った晃がぽつり、ぽつりと、老人の昔話のように、翠との思い出を語り始めた。

「彼女は、一か月の予定でここに滞在していました――」

その頃、大学の課題のために実家のある軽井沢に戻り、風景画の大作に挑んでいた晃は、庭にカンバスを立てて、深い森の木々や雄大な自然を相手に格闘していた。その風景の中に突然飛び込んできたのが翠だったそうだ。

白い日傘を差し、春色のワンピースを風に踊らせて、彼女は森の小径を歩いていた。その姿に思わず握っていた筆を取り落とした。

その夜、彼女が自宅のペンションの客だと分かり、晃は柄にもなくペンションの手伝いを買って出た。

翌日からは翠のほうも晃の絵に興味を示し、森の散策の帰り道には必ず絵の進捗状況を見に来るようになった。「濁りのない本当の軽井沢の風景ね」と翠はその絵を評したそうだ。そこから例の話が始まった。

晃が祖父から聞いた軽井沢の語源を翠に話して聞かせると、翠は「本当の軽井沢って面白いわ！　そうか、終わらない軽井沢ね」と言って笑ったという。その真意を訊ねた晃に、翠は得意げに自分の着想を開陳した。

「本当は軽井沢は『かるいさわ』と濁らずに呼ぶのでしょう。つまり、アルファベットの終わりのZを使わない」

「なるほど、終わらない軽井沢ですか……夢がありますね」と晃が、彼女の思慮深げな眸《ひとみ》を見つめて答えると、翠の着想はとどまることを知らず、言葉は湧き水のように次々とあふれ出てくる。

「この法則によると、あなたも昔は大きかったことになるわね。小さい沢と書くOZAWAは、ZをSに変えると大きい沢のOSAWAになるでしょ。ほら、小から大になった」

「本当だ。面白いですね。……もっとも僕はこれ以上大きくなったら玄関や家のあちこちに頭がぶつかって大変ですけど」

「ふふふ、そうね。もう充分大きいわ。きっと軽井沢の美味しい空気を吸って育ったせいで大きくなったのね」

「いや、それはどうでしょう。今は東京で暮らしている僕の叔父は、生まれも育ちも軽井沢だけど、僕と違って小柄ですし」

「あら、そうなの……あ、そうだ。白い風見鶏はわたしっていうのはどうかしら」

「ええと……ZがSだから、しろいかさみどりはわたし……ああたしかに、白い傘を持っている翠さんになりますね。しかし、よくぱっと思いつきますね？」

「わたし、ミステリーとか謎って大好きなの。それに今はこれが唯一の食べる糧なのよ」

そう言って翠は、自分の職業がパズル作家であることを打ち明けた。

「へえ、そうなんですか」

「軽井沢って不思議がいっぱいね。そうだ。わたしここに来た日の夜、森でちょっと迷ったことがあったんだけど、『迷』と『謎』って似てるわね。何か問題が作れそう」

「ははは、なんでも問題に繋げてしまうんですね？」

「いいなあ軽井沢。こんな素敵なところで暮らせたら、いっぱいアイディアが浮かんできそう――」

晃の思い出話は徐々にその色彩を取り戻し、言葉の端々に往事の活気が蘇った。

「――そんなに長い逗留客、しかも女性の一人客というのは珍しかったので、僕も父や祖父も何くれとなく気を遣ってもてなしました。……そして、僕たちがプライベートなことを話す仲になるのに、それほど時間はかかりませんでした。少し経ってからでしたが、二人とも、互いに相手が三十歳くらいだと思っていたことが分かりました。彼女は思っていたより十も上で、逆に僕は十も下だということを知ってお互いに驚きましたが、でもそんなことはもう気になりませんでした。彼女の年齢がいくつだろうと、まるで絵の中から飛び出してきたような彼女を見つけたときから、僕は惹かれていたんですから。……まあ、彼女のほうは、『え、あなたまだ二十歳なの⁉　ハタチってあのハタチ？』って、しばらく気にしていましたけど……」

二人はとても気が合い、やがて一日のほとんどの時間を一緒に過ごすようになっていったそうだ。

コーヒーの味が東京より美味しく感じると言った翠に、浅間山系の伏流水は硬度が高いのだと教えたのも晃で、それらは他愛のない、ささやかな日常の中で交わされた会話だったそうだ。翠は硬水のほうが苦みが強く感じられて好きだと言い、晃は逆に東京で飲むコーヒーのほうが甘味や風味が強く引き出されていて好きだと口論になった思い出を、目を細めて語った。

「硬水は、軽井沢の法則に当てはめると洪水と呼ばなければいけないんだね」と言い出したのは、晃のほうだったそうだ。

翠が軽井沢を去る前には、二人は、晃の父親や祖父にも、真剣に交際していることを打ち明けたという。晃の父親がわずかに眉を顰め、翠に「本当にこんな頼りないので良いんですか？」と訊ねただけで、特に反対はされなかったそうだ。

もしかしたら、晃の親族は、それほど本気にはしていなかったのかもしれない。

やがて翠が軽井沢での生活を終えるころ、晃もまた大学の課題を描き終え、キャンパスのある東京へ戻ることになった。晃のその絵は、学内で高い評価を得て、将来への展望が開けそうな予感に、胸躍らせたそうだ。

翠の家のある千葉とは少し距離があったが、それでも二人の付き合いは続き、翠の仕事の締め切りと、晃の大学の課題提出やバイトの合間を縫って二人はデートを重ね、だんだんと距離は縮まっていった。

結婚のことを先に言い出したのは、晃のほうだったそうだ。

「翠さんは僕の年齢のことや学業のことを、とても気にしていましたが、そのころ先輩が二組、立て続けに学生結婚したこともあって、なんの問題もないと主張しました。まあ、先輩は二人とも学生同士のおめでた婚でしたけどね。——ともかく、その頃の僕にとって、翠さんと小さなアパートを借りて一緒に暮らす、それが一番の夢だったんです。せめて卒業してからにしようと言った翠さんに、その……思い返すと恥ずかしい限りなのですが、『今すぐ結婚してくれないなら別れる』と、半ば強引に承諾してもらいました」

晃はそう言って、自分の過去に苦笑した。

須美子は二十歳の頃の情熱的な晃を黙って想像していたが、育代は今にも何か言いたそうに両手を胸の前で組み、きらきらした瞳で晃を見つめている。

「彼女——翠さんのほうは軽井沢をいたく気に入ったようで、将来は軽井沢で暮らしたいと常々言っていました。それまで、自分がここの跡を継ぐなんて考えたこともなかったのですが、自然と僕の口から『僕が卒業したら実家のペンションを一緒にやっていきませんか』という言葉がこぼれ出ていたんです。一緒に実家のペンションを手伝いながら、空いた時間で僕は絵を描き、翠さんはパズル作家の仕事を続けて行けたらいいと……いつしか、それは僕たちの共通の夢になりました。……ただ、その先の具体的な話になると、最後はいつも——」

頑迷な翠の父親は、一朝一夕に納得させられる相手ではないから絶対に反対される。だから、年齢のことは言わずに結婚の挨拶を済ませてしまおう——と、翠は提案したらしい。

しかし、晃はそれを潔しとしなかった。

「これから家族になるんだから、隠し事はなしで、僕を翠さんの伴侶として認めてもらいたい」と、頑なに、粘り強く翠を説き伏せ、ついにあの日、結婚の挨拶に晃は多田家を訪れた。

「結果的には、翠さんの言うことを聞いておけば良かったのかもしれない。そのころの僕はまだ、どうしようもなく子どもだったんだと思います。当時まだ学生だった僕では、翠さんの相手としてふさわしくないと思われたのでしょう。彼女が言っていたとおり、翠さんのお父さんには厳しく反対されました。玄関での第一声が『お前、いくつだ』というお父さんの質問で、正直に答えた僕は『お前が生まれたときにはもう翠は今のお前と同じ年だったんだぞ！』と言われて、早々に追い返されてしまいました。僕としてはそんなことは織り込み済みで、何度でもアタックするつもりでした。それでもどこかに期待があった分、落胆していたんだと思います。その日は一人実家に戻り、父と祖父にも今後のことを相談するつもりだったのですが、バイクで事故を起こしてしまいました。碓氷峠を越え、下り坂にかかったところで、僕は濡れていた路面でスリップして路肩の崖へバイクもろとも転落してしまったんです——」

そう言って髪をかき上げた晃の額には、事故の凄惨さを思わせる大きな傷痕が見えた。

今朝、小沢が『ここの手伝いもさせられないほど、極度の人見知りでしてね。まあ、昔、大きな事故に遭ったせいもあるのですが——』と言っていたが、この傷のせいもあるのだろう。

須美子はチラッと叔父の厚志に視線を送った。すると、それに気づいた小沢が、晃に代わって続きを話しはじめた。

「運良く後続車がすぐに救急車を呼んでくれ、晃が運ばれた病院からペンションに連絡が入りました。そのとき、この家にはわたし一人でした。父と兄はちょうど出掛けていて、わたし一人が留守番をしていたんです。折しも集中豪雨が一番酷い時間帯で、携帯電話の電波も途切れ途切れでしたがなんとか二人に連絡をし、病院へ向かうように伝えたんです。そしてその道すがら、父たちは洪水に巻き込まれて還らぬ人となってしまった……。幸い晃だけは一命を取り留めてくれましたが、意識不明の重体で、一か月も目を覚ましませんでした」

小沢はそのときのことを思い出したかのような、不安な目を晃に向けた。

「僕は寝ていただけでしたからね。今思えば叔父には迷惑をかけました。父や祖父の葬儀、僕の世話。そしてペンションのほうも細々とでも続けてくれていたんですからね」

「晃は目を覚ましてからも、全身の骨折やら臓器の損傷で、気管挿管をされ、全身に管をつけられた寝たきりの状態が長いこと続き、ようやく意思の疎通ができるようになったのは、軽井沢の遅い桜が咲くようになってからでしたね。それでもまだ一人でベッドから起き上がることもできず、長く気管挿管していたせいで声も出せませんでした。あまりに甥が気の毒に思えて、話せないのを良いことに、父親と祖父が亡くなったことを黙っていました。まあ、きっと見舞いに来ないので何かあったことには気づいていたでしょうが、意気地なしの叔父としては、質問されるまでその回答を先延ばしにしていたんです」

弱々しく微笑み、小沢はため息をついた。

「僕のほうは薄情なもので、父や祖父のことも気になってはいましたが、自宅のペンションが忙しいんだろうくらいに思っていて……。意識が戻っても、自分の意思では指一本動かすことができず、ただただ寝ている間、ずっと翠さんのことが気がかりでした。彼女はどんなにか自分のことを心配しているだろうと思っていましたね。僕の携帯電話は事故の衝撃で壊れたまま、無残な姿で枕元のテーブルに他の私物と一緒に並べられていました。彼女の携帯番号は覚えていなかったし、自宅の場所は分かるけれど、電話番号は分からない。おそらく彼女には、父から連絡が行っているだろうと楽観していたんです。宿帳を見れば分かるはずですからね。でも意識が戻って一週間経ち、一か月経つうちに、彼女が見舞いに来てくれないことを不審に思うようになりました。やがて声を出せるようになった僕は、彼女のことをたずねたくて——叔父は彼女とは面識がありませんでしたから、父を呼んでくれるよう頼んだんです。そのとき初めて、父と祖父があの日亡くなっていたことを知りました。……しかも、聞けばそれは僕のせいで洪水に巻き込まれたようなもので、しばらく頭が真っ白になりました」

「晃。何度も言ったが、あれは晃のせいじゃない。運が悪かっただけだ」

小沢が優しく言うと、晃も「叔父さんには感謝してるよ。僕がここまで立ち直れたのだって、叔父さんや宏美さんがいてくれたおかげだからね」と、素直に首肯した。しかし続けて「でもやっぱりあれは僕のせいだよ。僕が事故らなければ、父さんも爺ちゃんも病院へ行くあの川沿いの道を通ることはなかったんだから」と譲らない。

小沢も苦笑して「おまえのそういう頑固なところ、兄さんにそっくりだよ。爺さんにもな」とお手上げだと両手を挙げて見せた。

晃は一年間の入院生活とリハビリを乗り越え、なんとか絵筆が握れるまでに回復し、学業に復帰。東京の美大をかろうじて卒業はしたものの、その後は教授や友人に紹介されるイラストなどの仕事をこなしながら、この軽井沢の実家のペンションで引きこもりのような生活を送っていると自嘲した。

「翠さんには連絡をとってみようと思わなかったの？」

育代が堪りかねたように言い募ると、晃は顔を歪め、「思わなかったといえば嘘になります」と言って、少し黙った。

「実は一度、意を決してかけてみたことがあるんです。……でも繋がりませんでした。コ

ールさえしなかった。『この番号は現在使われておりません。番号をお確かめになってお
かけ直しください』というアナウンスが流れ、一度目は自分のかけ間違いを、二度目は彼
女の宿帳への記載間違いを疑いました。でも少し考えて分かったんです。お父さんに太刀
打ちできなかった僕に愛想を尽かしたのか、お父さんに説得され若すぎた僕の将来を気遣
って別れを決意したのか……。とにかく僕は、彼女に捨てられたのだと――思い込んでし
まいました。父と祖父のことがあって、自暴自棄にもなっていましたから。勝手に落ち込
んで、どうしようもない男です。だから、僕にはむす……光羽さんと会う資格はありませ
ん。二十年以上もその存在にさえ気づかず、ただ茫洋と生きてきたろくでもない人間です
から――」

「娘」という言葉を発することさえできない自分を卑下するように、最後は一気に喋って、
晃はまた押し黙った。

育代は涙と鼻水でくしゃくしゃになったハンカチを握りしめている。

須美子も残酷な運命のすれ違いに、沈黙せずにはいられなかった。できることなら時間
を遡って、退院した晃に一刻も早く多田家を訪ねてみることを進言したいと思った。しか
し一方で、当時本当のことを知ったとして、晃が今以上に傷つかないという保証はない。
とりもなおさず、いまさら娘がいたと知っても、彼が長年抱えてきた傷をそう簡単に回復
できるとも思えなかった。

——そう須美子が考えたタイミングだった。

玄関のドアが開き光羽と松重が入ってきた。

「あれ、皆さんお早いですね。出発までまだ二時間くらいありますよ」

何も知らない光羽がいつもの明るい表情で笑いかける。

皆一様に固まるなか、「……絵を描きに行ってきます」と晃は言うと、光羽に視線を向けることなく逃げるようにカウンターの裏へ入っていった。

「えっと皆さん、どうしたんです？」

須美子はなんと答えて良いか分からなかった。下を向く一同に、光羽の顔にも不安の色が差す。

長い沈黙ののち、言葉を発したのは運転手の松重だった。

「さっきの彼がお前のお父さんじゃないのか？」

「え！」

瞬間、光羽は晃が消えていったドアに視線を向ける。握りしめる両手は震えていた。

「ほ、本当……ですか」

「……」

須美子は黙って目を閉じる。

「教えてください吉田さん！」

須美子は一度大きく息を吸い込んでから、目を開けた。そして、まずは花山が翠の弟、つまり光羽の叔父であることを伝えた。そのことにも驚いた光羽が何も言えないでいると、またあらためて実家で会おうと言って、花山は二階へと上がっていった。彼もまた心の整理に時間を要したのだろう。

そして須美子は翠が残した問題のこと、晃のこと、すべてのことを光羽に伝えた。

長い話を聞き終えた途端、光羽はぽろぽろと涙をこぼした。やせっぽちの彼女はいかにも頼りなげな幼い少女のようで、今にもその場にくずおれてしまいそうだ。

「光羽ちゃん……」

育代が優しく抱き寄せると、その胸に顔を押しつけて「うう……」と嗚咽《おえつ》を漏らした。

小沢が奥へ引っ込んで、ガラスのティーカップにハーブティーを淹れて戻ってくるまでのあいだ、育代はまるで赤ん坊でもあやすように、光羽の背中をトントンと優しく撫でていた。

しばらくして、光羽が少し落ち着いたのを見計らい、須美子は意を決して光羽に訊ねてみた。

「どうしますか、光羽さん。お母さんのノートの秘密はすべて解けました。あとは光羽さんの心次第です」

「でも……きっと、あの人はわたしに会いたくな……」

「行くんだ！」

鋭い声を発したのは松重だった。皆の注目を浴びながら松重は、「行かなきゃダメだ。きっと……後悔する。頼む、行ってあげてくれ」と、振り絞るような声で言った。

「松重さん。どうして……」

光羽は驚いた顔のまま訊ねる。

「――俺にも娘がいる……いや、いたんだ。お前みたいに明るく、何事にも一生懸命なやつだった。そんな娘が二十二のとき、子どもができたといって男を連れてきたんだ。そいつは仕事もせず、妊娠中の娘を働かせて小遣いをせびるような最悪の男だった。だから俺は、そんなやつとの結婚も出産も認めないと怒鳴りつけた。それが嫌なら出て行けと。娘は悲しそうな顔をして笑った。そして、それっきりだ。それから二十年、娘とは会っていない……」

（あっ！）

須美子は昨日の夕食の席で、松重が「むす――」と言いかけていたことを思い出した。そして、松重が光羽のことを、時にうとましがられるくらい気にかけていたのはそういうことだったのかと納得した。さっきも松重は、晃が光羽の父親ではないかとすぐに看破した。それはきっと、二人の面影にどこかしら重なるものを感じたのではないだろうか。それが分かるのは娘のことで苦しい思いを抱えながら、光羽に目を配ってきた松重だからかもしれないと須美子は思った。

「……わたし」

光羽の瞳に光が宿るのを感じる。

「光羽ちゃん!」

育代の呼びかけに「わたし、お父さんに会いたい!」と、光羽は力強く応えた。

「ええ。追いかけましょう」

須美子もまた大きくうなずいた。

4

塩沢湖は今日もうららかな写生日和であった。

日曜の午後、湖はスワンボートに乗る家族連れや、湖畔でベンチに座るカップル、のんびりと犬の散歩をさせる老夫婦など様々な人々で賑わっている。

ここにいなければ手分けして探そうと思ったのだが、昨日と同じ場所に晃はいた。

光羽はバッグから例の日傘を取り出し、ゴクリと音を立てて唾を飲み込んだ。見ている須美子と育代も、緊張で思わず手に汗を握る。

道路に面した高台の一角で、晃は昨日と同じくカンバスを立てて、昨日より少し描き進めた絵を前に、ぼんやりと座っていた。

光羽は意を決したように須美子と育代を見て、ゆっくりとうなずくと、くるりと向きを変えて晃へと近づいていく。

やがてカンバスにパラソルの影が差す。

「素敵な……絵ですね」

震える声で光羽が伝える。

「……どうも……」

振り返りもせず、晃もまた消え入りそうな声で答える。

「濁りのない、本当の軽井沢――」

光羽がくるりと回した傘に、晃は目を向けた。

「それは……」

「これ、母の形見なんです」

「……そう」

「これも」

そう言って光羽が頭を突き出すようにして、翡翠の髪留めを見せる。

晃は光羽と目を合わせようとせず、おもむろに「……すまなかった」と頭を下げた。

光羽は黙って首を横に振る。

晃は小さな椅子に座ったまま、じっと地面に目を落とし続ける。

「あ……あの……」

光羽が声をかけても晃は動きを止めたままだ。そのまま、光羽が去るのを待ち続けるつもりかもしれない。

その姿を見て光羽は空を仰いだ。その瞳には透きとおった涙が滲んでいく。だがすぐに唇を噛みしめると、視線を晃に戻して口を開いた。

「お、お父……さん」

ぎこちなく開いた口から、小さな勇気がこぼれ落ちる。

「……！」

晃が思わず立ち上がると、小柄な光羽の日傘が晃の胸の辺りにあり、それが邪魔で顔が見えなくなっていた。

「……わたし、会いたかった……お父さんに、会いたかった！」

最後は叫ぶように光羽が声を発する。

日傘をどけて光羽が晃の顔を見上げる。

「光……羽……」

「ようやく会えたの。お母さんの大好きだった軽井沢で、ようやくお父さんに会えたの！」

慟哭《どうこく》しながら光羽は晃の胸にしがみついた。光羽の手から白い日傘が飛び立つ。晃はそれを掴むと、もう一方の手で、しっかりと娘を抱きしめた。

「──なんだか、ドラマのワンシーンみたい」

自転車を停めて見守っていた育代が、嬉しそうに目元を拭う。

「はい」

須美子ももらい泣きしそうになって青い空を見上げた。

「そういえば光羽さんが描いた力士の絵って上手でしたけど、あの芸術的感性もお父さん譲りなのかもしれませんね」

「きっとそうね」

「それによく考えると、あの『力士』を『理義字』にする濁点の発想。あれって、翠さんの考えた『Z』を『S』にする発想の逆みたいなものですよね。濁らせるか、濁らせないか──」

「あ、そうね！　そういうところはお母さんの血を引いたのね。名前だけじゃなく、光羽ちゃんは二人から受け継いでいる部分がいっぱいあるのね」

「はい。きっと他にもたくさんあると思いますよ。これからゆっくり、たくさん二人で話をするんでしょうね」

「光羽ちゃん。バスの出発に遅れないといいけどね」

「ふふふ。さあ、わたしたちも残りの軽井沢時間を楽しみましょう」

高原の風に目を細めながら、二人はまた自転車のペダルに足をかけた。

それから育代と須美子は塩沢湖の近くにある「軽井沢絵本の森美術館」と、その向かいにある「エルツおもちゃ博物館・軽井沢」、それに「軽井沢高原文庫」を訪ねた。

少女の頃に戻ったように二人は目を輝かせてはしゃぎ、軽井沢らしい空間を満喫し、買い物を楽しんだ。

「ペンション森の樹」に戻ったのは十五時三十分を過ぎた頃であった。

二人の心配を余所にすでに光羽はちゃんと戻っていて、バスも扉とトランクを開けて待機している。

「あっという間の一泊二日だったわね」

二日間お世話になった相棒の自転車を降り、ペンションの背後に聳える森を見上げて感慨深げに育代は言う。

「ええ」と答えて、須美子も両手を広げ、体中でマイナスイオンを感じた。

「とっても楽しかったわね……だけど、旧軽井沢に行けなかったのは返す返すも残念だったわね。ジョン・レノンのパン屋さんにソフトクリームにテニスコート、万平ホテルでのティータイムも楽しみにしていたのに……」

「小松原さーん、吉田さーん」

育代と須美子の姿に気づいた光羽は、軽井沢の風に浄化されたような爽やかな笑顔で駆け寄ってきた。ただ、少しだけ目の周りは赤く腫れている。

「お話し、できましたか？」

須美子の問いに「はい」と、光羽は濁りなく答える。

「これからどうするの？」

育代は今後の二人のことを気にしているようだ。

「また今度、ゆっくり話をすることにしました。もう、いつでも会えますから」

その声に、「そう……そうよね！」と育代は安心したように微笑んだ。

「それで、あの。お二人にご相談があるのですが——」

5

「皆様、お疲れ様でした！　二日間の軽井沢ツアー、お楽しみいただけましたでしょうか？」

「はーい」と、車内に三本の手が挙がり、三つの声が重なった。育代とその前に座る双子の友也と和也だ。

「では皆様よりご提出いただきました解答を発表したいと思います。ただ、その前に、皆様にお詫びさせていただきたいことがございます——」

光羽の真剣味を帯びた声に車内の空気が変わる。

「実はこの問題、皆様にお見せした内容だけでは正しい解答を導き出すための条件が充分ではありませんでした」

「えっ！　何それ」

「ちょっと、どういうことですか！」

久保と南が怒りを滲ませた声をあげる。——それはそうだろう。二日間、とくにあの二人は図書館にまで足を運んで、少しでも完全に近い解答にたどり着くための努力を怠らなかったのだから、出題時点で問題に不備があったと聞かされて、平静でいられるはずがない。

「本当に申し訳ございません！」

揺れる車内で、光羽は足を踏ん張り深々と頭を下げた。

「どういうことか、説明していただけますかな」

磯崎の言葉に、「はい」と光羽は顔を上げ、この問題は実は自分の母親が考えたものだったことを素直に打ち明けた。

そして、その母が二十二年前、自分を産んですぐに亡くなっていること。父親とは生まれてから一度も会っていなかったこと。軽井沢で偶然、奇跡的に出会えたこと。そして、その父親が問題の解き方を知っていたこと——と、最後は少しだけニュアンスを変えて訥々と説明した。

——乗車前、光羽は育代と須美子をつかまえて、参加者の皆様にすべてを説明してお詫びしたいと申し出た。

それを聞き、育代は「わざわざみんなの前で辛い話をする必要はないのよ」と引き留めた。

須美子も無理をする必要はないと思ったのだが、光羽は、「あの問題は『本当の軽井沢』というキーワードを知らなければ解くのは難しい問題ですし、真剣に考えてくださった皆様に真相をお話しせずにツアーを終わらせてしまうのでは、とても申し訳ないですから……」と語っていた。

育代と須美子は、光羽のその真摯な思いを汲み、黙って見守ることにした。

ただ須美子は自分が問題を解いたことは絶対に秘密にしてほしいと釘を刺すことを忘れなかった。

育代は「須美ちゃんが名探偵だって、多くの人に知ってもらうチャンスじゃない」などとんでもないことを言ったが、浅見家で働く須美子にとって、そんな噂がご近所に広まることなど、それこそ本業のクビを宣告されるに等しいことなのだ。

すべてを語り終え、もう一度「申し訳ございませんでした」と光羽が頭を下げたときには、車内の雰囲気はすっかり好意的なものになっていた。

「光るに羽で光羽さん。いいお名前ね」

「ああ、素敵なお母さんだ」

磯崎夫妻がそう言うと、ばつが悪そうにしていた久保と南は苦笑した顔を見合わせた。

「まあ、いいんじゃないですか。このツアーは軽井沢ミステリーツアーで、参加者全員、現地にいたわけですからね。昔、ここが『かるいさわ』って呼ばれていたことだって、調べようと思えば、いくらでも手段はあったはずだし。な、南」

久保は隣に顔を向けて言った。

「そうだな。多田さんの名前から、サーカムフレックスにも、それに『光』と『羽』が付く名前のご両親がいるだろうことも気づくことはできたかもしれない。だからまあ、完全なる正解にたどり着けた可能性はゼロではなかったとも言えるしな」

「皆様……ありがとうございます」

今度はお詫びではなく感謝の礼をする光羽に、車内には自然と拍手が湧きあがった。

須美子は最初に手を叩いたのが花山だったことに気づき振り返ったが、帰りも最後列に一人座るサングラス姿の男は、照れ隠しのようにぷいと顔を背けた。

「あの、それで、来年のツアーなのですが、母の答えはさすがに使えそうにありませんので、そちらは皆様に考えていただいた解答を元に、開催させていただきたいと考えております」

「おお！」

またワッとばかりに拍手が起こり、車内には期待に満ちた笑顔が溢れた。

「では、これから順に発表したいと思います。まずは最優秀賞の発表です」

そこで光羽が一呼吸置くと、車内はシンと静まりかえり、誰もがゴクリとつばを飲んだ。

「最優秀賞は……久保さん、南さんのお二人です！　おめでとうございます！」

バスの車内に割れんばかりの拍手が起こる。一緒に手を叩いていた光羽は拍手が収まるのを待って話を続けた。

「久保さんと南さんのお二人は、なんと別々に解答を考えてくださいましたが、どちらも甲乙つけがたいものでした。ですのでお二人ともを最優秀賞とさせていただきます。では、まずは久保さんの解答から発表させていただきますね。――その解答はずばり『クイズ』。クイズの答えが『クイズ』という奇抜な発想です。理由は、二つの山は浅間山とその隣にある小浅間山を表す――」

「小浅間山？　そんな山あったのね。塩沢湖からは見えなかったわよねえ？」

育代の声を聞いて光羽は、「浅間山の東にあるのですが、あの辺りからだと木々に遮られて見えなかったかもしれませんね。実は白糸の滝へ向かう途中で間近に見えていて、一応ご案内もしたのですが――小浅間山だけに、わたしの声が少し小さすぎたのかもしれませんね。申し訳ございません」

要は育代がアナウンスを聞き逃していたということだろう。そういう須美子も、バスと双子が入れ替わっていたことにまだ気づかず、迷宮を彷徨っているような状況だったので覚えていなかった。

光羽は笑顔をたやさず、久保の解答発表を続けた。

「えーと、その小浅間山の標高は一六五五メートル、浅間山は二五六八メートル。登山の下、火山の上というのは標高差を表しており、引き算すると九一三メートル。不在の証というのは、不在……つまり『無い』と解釈し、一メートル足り『無い』と考えて九一二メートル。九一二は語呂合わせで『クイズ』というご解答でした！」

「あら、すごーい！」

育代の声に、磯崎夫妻も「驚きましたな」「完璧じゃない」と賞賛する。

「はは、いやあ、『不在の証』が一メートル足り『無い』ことだとか多少強引なところもありますからね。満足いく解答ではないんですけど……」

頭をかき謙遜の言葉を口にしたが、その表情は得意げな笑顔が隠しきれていない。

「多田さん、僕の解答もお願いします」

全員の賞賛を一身に浴びた友人を妬むように、悔しげな声で南が催促する。

「あ、はい。では続きまして南さんの解答です。『登山』と『火山』はどちらも離山を表しています。離山は二万二千五十年前に誕生した浅間山の寄生火山で、且つ登山客も多い。さらに、「へ」の字のようなマークは山を、「上」という言葉は山頂を、「下」という言葉は山の麓に二つある登山道入り口という意味である。そして、二つの離山登山道入り口と山頂を直線で結ぶと、地図上では三角形ができる。その中心点に『不在の宝』がある――という答えでした。えーと補足情報として、離山の山頂南斜面の急なところに『カクレ里』と呼ばれる洞窟があり、その昔、大金をたくわえた義賊が住んでいて、この土地の貧しい人々を助けたと言われているそうです。『隠れている』と『不在』に通じるものがあるので、この『カクレ里』が三角形の中心点にあたり、そこに宝はある――というお答えでした」

「……難しくてわたしにはよく分からないけど、これもすごいわね！」

育代がまた感嘆の声をあげる。

「本当に、お二人とも素晴らしいお答えをありがとうございました。クイズの答えが『クイズ』、それに『カクレ里の宝』。どちらも、来年のツアーに使えそうですね。これは是非、取り入れる方向で社内で検討させていただきます」

大きな拍手で讃えられ、肘でお互いをつつきあいながら照れる二人に、光羽は「これは当社の旅行券二万円分です。よろしければまたお二人で当社をご利用いただけましたら幸いです。おめでとうございます！」

「やったな！」

「お前もな！」

興奮した表情でハイタッチしてお互いを讃えあう二人に、車内ではまた大きな拍手が沸き起こった。

「では、続きまして他の皆様の解答も順に発表させていただきますね。まずは磯崎さんご夫妻の解答です」

「ふふふ、あんなすごい答えのあとだと、なんだか恥ずかしいわね」

早苗の顔が心なしか赤くなる。

「えー、登山の下は『麓』、火山の上は『噴火』。どちらも『ふ』が『在』るということで『ふ在の証』と解きます。つまりこの宝は食べ物の『お麩』を表していて、『宝のお麩』のことだと思います——とお書きいただきました。磯崎様、この『宝のお麩』というのは何か特別なお麩なのでしょうか？」

光羽の問いに早苗が答えた。

「『宝のお麩』という金沢の名物があるんです。わたしどもね、銀婚式で金沢を訪れてから気に入ってしまって、毎年のように足を運んでいるから、それでなの——ね、あなた」

「ははは。しかし、ちょっとこじつけが過ぎましたかな。いやはや、お恥ずかしい」

磯崎は首の後ろに手をやって、顔を赤くしている。

「いえいえ、素敵なご解答をありがとうございました。こちら、記念品です。このたびはご参加くださいましてありがとうございました」

光羽は恭しく捧げ持ったプレゼントの紙袋を磯崎夫妻に一つずつ手渡した。

「続きまして花山様ですが……」

「いや！　俺のは発表しなくていいって……」

サングラスを押し上げながら、花山は慌てたように光羽の言葉を遮った。しかし光羽は「まあまあ、そうおっしゃらず」とにこにこしながら花山の言葉を受け流し、解答用紙を読みにかかる。

「ええと、『へ』の字のような二つのマークは『共通』する字を探せという意味。『登』と『山』に共通する漢字と、『火』と『山』に共通する漢字をそれぞれ探す。『木登り』という言葉と『木山』という人の名前が作れるので登山のほうは『木』、もう一方の火山には『下火』と『下山』で『下』という字が付けられる。それぞれに付けた漢字を合わせると『木下』になるので、『宝は木下さんの家か、どこかの〝木の下〟に埋まっている』

ここで一旦光羽が言葉を句切り、眉を曇らせた。「――でも『不在の証』という文字とはどうしても繋がらないのでギブアップ――とのことです」

花山のその解答は、昨日、須美子が最初に考えたものの延長線上にあった。おそらくこの手の謎解きになれている久保と南からすれば、初歩も初歩。おそらく一番最初に考えて切り捨てた選択肢に違いない。

しかし、今回の旅行中、花山は二十三年前に翠が宿泊した場所を、ひたすらに探し回っていたのだ。そもそも最初からゲームに参加する気もなかったに違いない。だからこの解答は、謎解きは苦手だと言っていた彼のやっつけ仕事だろう。

(でも……)と須美子は思った。そしてじんわり心が温かくなる。

それでも白紙解答としなかったのは、ツアーの進行役を務める姪への、彼なりの気遣いに違いない。

「あらあ、情けないわねえギブアップなの?」

育代がおかしそうに茶々を入れると、花山はふくれっ面でまた窓の外へと顔を背けた。

「でも、お一人でご参加でしたのに、頑張って考えてくださってありがとうございました。こちら記念品です。お受け取りください」

光羽は他の客には叔父と悟られないように、最後までお客として押し通すつもりらしい。最後列まで歩いて行くと、丁寧に捧げ持った紙袋を花山に渡して、ペコリとお辞儀をした。

「さあ、では最後に小松原さん、吉田さんペアの解答を読みますね。英語で火山はVOLCANO、登山はCLIMBING。火山の上のVOLと登山の下のINGを合わせて『VOLING』で、宝はボウリング。軽井沢駅の近くにあるボウリングの大きなピンの中に宝物が隠されている——とのことです」

「……あれ？　ボウリングの綴りってBOWLINGじゃない？」

南の指摘の声が飛ぶ。

「あら、そうなの？　ボウリングの綴りも電話でちゃんと聞いておけば良かったわ」

「ああー！　育代おばさん、電話で誰かに相談したのー」

「ズルだよズル！」

前の席から顔を出す双子に口々に責め立てられる。

実は二人の解答は、集合時間ギリギリまで白紙であった。育代は宿に戻ってから、荷物の積み込みを須美子に任せ、日下部と電話で相談していたのだ。

「ち、違うのよ、あ、違わないわね……」

「えーと厳密にルールを決めていませんでしたので、誰かに相談していただいても失格という訳ではありませんが——」

光羽が微妙にフォローしてくれたが、双子のブーイングは止まらなかった。

「ど、どうしましょう、須美ちゃん」

育代が小声で須美子に助けを求めたのを見て、須美子はひとつうなずくと代わりに口を開いた。

「すみません。わたしたちもギブアップです」

「え！　ちょ、ちょっと、須美ちゃん何を言い出すの？」

「育代さん、わたしたちも『不在の証』を忘れていませんか？　それにサーカムフレックスのことも完全に無視しています」

「あ……」

「そこの解釈が抜けてしまっては、この問題の解答としては不完全と言わざるをえません。なので花山さんと同じくギブアップです」

須美子は両手を挙げて見せ、にっこり笑った。

「ああもう、せっかく日下部さんに英語まで教えてもらって頑張ったのに……」

育代は頬を膨らませていたが、光羽が目の前にやってきて、「でも、今回は本当にありがとうございました。はい、お二人も受け取ってください」と深々とお辞儀をして手渡した記念品に、すぐに機嫌を直した。

「光羽お姉ちゃん甘やかしちゃダメだよ」

「そうだそうだ」

相変わらず不満顔の双子だったが、「友也くんと和也くんも今回は活躍してくれてありがとうね」と、光羽からお菓子が入った袋をそれぞれ手渡されると、あっという間に矛を収めた。

車内のあちらこちらで、賑やかな歓談がさざめく。

（……あっ）

須美子はふと座席の柄を見て、最初に乗っていたバスだと気づいた。

（なんだか、あっという間だったな……）

須美子は東京を出発し、今に至るまでの濃密な時間を振り返る。

「あぁ!!」

育代の突然の大声に須美子が驚いて、車窓の風景から隣に視線を移すと、育代は涙目になって立ち上がっていた。「ごっ！　ごめんね、須美ちゃん!!　帰りは交代しましょうねって言ったのに、わたしったらついうっかり、また窓側の席に座っちゃって。なんでわたしっていつもこうなのかしら。我ながら本当に嫌になっちゃうわ……」

出発前、座席のことで「帰りは交代しましょうね」と言っていたが、育代はそんなことはすっかり忘れているようだったので、須美子も気づかないふりをしていたのだ。

「いいんですよ、育代さん。ここからでも充分、景色は見えていますから」

「え、でも……」

「ほらほら育代さん、みんなが見てますよ。座ってください」

「あ、う、うん。……本当にいいの須美ちゃん？」

「ええ、もちろんです」

「ありがとうね須美ちゃん。あ、見て見て！　あの山――」

そう言って子どものように窓に顔をくっつけて外を眺める育代を見て、須美子は心の中で（それに――）と呟いた。

軽井沢と、いつにも増して楽しそうな育代を眺めることができるこの席こそが、ベストポジションなのだから――と。

エピローグ

「ああ、あっという間だったわね」

「はい」

バスは出発地点と同じ北の街観光株式会社の駐車場に到着した。

辺りはもう闇に染まっている。

笑顔で下車し、トランクから荷物を下ろした参加者たちが、手を振り、順に去って行く。

花山は育代と須美子の前にきてサングラスを外し、「ありがとな」と深々と頭を下げた。つぶらな眸にきらりと光る物があった。そして、光羽に向かって、また連絡すると言って去って行った。

「花山さん、最後までぶっきらぼうでしたね」

須美子が小声で育代に言うと、「そうね。でもわたしは最初から悪い人じゃないとは思ってたけどね」と得意気に腕を組んだ。

須美子は昨晩、「わたしははじめからあの人が怪しい気がしてたのよね……」と育代が言っていたことを思い出し、「そうですね」と小さく肩をすくめた。

「欲で太りし者から奪い、貧しき者を救済す」

「仲間を増やしていざ進め――」

振り返ると、友也と和也がバスの前で、怪盗レンジャー瞬の決めポーズで母親に写真を撮ってもらっている。

それを見ていた育代が突然、「あ、分かった！」と声をあげた。

「え、何がですか？」

光羽が訊ねると、育代は「お母さんの問題って、『解答』が書いてなかったじゃない。あれは、『怪盗』に盗まれたからなのよ。誰かに依頼されて、怪盗が答えを盗んだのよ、きっと」と真顔で言った。

「いったい誰がそんなこと依頼するんです？」

須美子が呆れたように言うと、育代は「それはえーと、答えを望まない……誰かよ」と途端に考えなしを露呈した。

そのとき心細そうな表情で聞いていた光羽に気づいた育代が、「どうしたの？」と顔を覗き込む。

「……なんだか急に不安になってしまって。祖母は優しかったですけど、母は本当にわたしが生まれることを望んでいたのかなって――」

「あ、ご、ごめんなさい光羽ちゃん。さっきのは、そんなつもりで言ったんじゃ――」

「お母さんが光羽さんを愛していたのは間違いありませんよ！」

慌てる育代の声を遮り、須美子が力強く言った。

「……どうして、そう言い切れるんですか？」

光羽がなおも不安そうに訊ねる。

「あの解答欄、何も書かれていなかったわけじゃないですよね」

「ああ！　小さいハートマークね」

育代も思い出したようだ。

「はい。他の問題の解答欄にはありませんでした。光羽さんの名前が入るあそこにだけ描かれていたんです。ですから、あのハートマークは間違いなく、答えとなる光羽さんへの愛情の印です」

「……！　そっか。そう……ですよね」

光羽は涙を堪えるように唇を嚙みしめ、声を震わせた。

「育代おばさん、須美子お姉ちゃん、ばいばい！」「ばいばい！」

双子が手を振り、母親の園子も会釈して去って行く。須美子も手を振り返した。

育代は手を振りながら、もう一方の手で光羽の背中を優しくさする。

「……小松原さん、吉田さん、本当にありがとうございました。お二人がこのツアーに参加してくださって、本当に良かったです。今度、旅行するときは、絶対にわたしに声をかけてくださいね。旅行券の代わりにわたし、精一杯ご案内させていただきますから！」

「あら、嬉しい！」

「ありがとうございます。でも……」

素直に喜ぶ育代とは裏腹に、須美子はいつ言おうかと迷ってここまで引き延ばしてきた謝罪を、ついに口にすることにした。「本当はわたしなんかが、でしゃばるべきじゃなかったんです……ごめんなさい、光羽さん」

急にそんなことを言って須美子が頭を下げたので、光羽は「えっ、どういうことですか……？」と驚いた顔をしている。

育代も「突然どうしたの、須美ちゃん」と心配そうに言う。

「あの問題はたぶん、翠さんがいつか光羽さんと晃さんと一緒に楽しむために作ったんだと思います――」

須美子の脳裏に温かな家族の映像が浮かんだ。

「解けるかな？」と問題を出す母親。

「ヒントだよ」と思い出話をする父親。

そして、「分かった！」と自分の名前が答えだと喜ぶ娘。

それは実現することのなかった形。

叶うことのなかった現実——。

「——それなのにわたしったら……」

余計なことをしてしまったのではないかという思いが、今になって急に須美子の胸の内に込み上げてきたのだ。

「そんな、やめてください吉田さん」

光羽が慌てて遮った。「昨日もお話ししましたけど、わたし、問題を作るのはともかく、解くほうは苦手みたいなんです。多分、そこは父に似たんじゃないでしょうか。だから、今回のツアーに吉田さんがいらっしゃらなかったら、いつまでもこの問題を解けず、そして父に会うことも叶わなかったと思います。ですから、母の問題が解けたのも、父に会えたのも、全部吉田さんのお陰なんです。……たぶん吉田さんは、いつまで経っても自分の問題を解けないわたしに、業を煮やした母が遣わしてくれた名探偵なんです！」

「……そんなことは……」

「だってほら、吉田さんのお陰で、こうして母からの想いを受け取ることができました」

光羽はそう言って、胸に手を当てると、突然「あっ！」と小さく声を出した。

「どうしたの光羽ちゃん。まだ、何か気になることがあるの？」

育代が不安そうな顔で訊ねる。

「わたしも母の残したもう一つのメッセージ、見つけたかもしれません」

「？」

「このハートマーク、心臓も表しているんですよ。だから――」

「――ああ！　なるほど」

光羽の話を最後まで聞かずに須美子は大きくうなずいた。

「それは気づきませんでした……」

「ふふふ、名探偵に一矢報いましたかね」

「もう、光羽さんたら、ですからわたしは名探偵なんかじゃありません」

「ちょっと二人とも、なんの話？　心臓って？」

「育代さん。光羽さんのお母さんが残した問題ですよ」

「え、まだ謎が残ってたの？　ちょっとやだ、気になるじゃない。え、ヒントは、ヒントをちょうだい！」

もうすっかり「Z」を「S」に置き替えるのを忘れてしまったのか、育代があたふたしている。

須美子は光羽と顔を見合わせ、小さく笑った。

「小松原さん、古き良き軽井沢……ですよ」

光羽はいたずらっ子のような笑顔で、意味深なヒントを口にした。

「うっそー、気づかなかったわ。やっぱり、旧軽井沢に行かなかったのがいけなかったのね？　そうでしょ、須美ちゃん」

須美子と光羽は顔を見合わせてまた笑った。

「こうなったらわたし、もう一回、軽井沢に行ってくるわ」

そう言って、育代は今降りたばかりのバスに引き返していく。

「あ、小松原さん、ダメですよ。もう今日は無理です」

「止めないで光羽ちゃん」

「ふふふ」

「吉田さん、笑ってないで助けてくださいよ！」

光羽はバスに乗りこもうとする育代を、土俵際でなんとか食い止めている。

なんだかおかしくなって、「光羽さん頑張って！」と声をかけると、須美子は細く息を吐きながら軽井沢へ続く西の空を見上げた。

（都会の空は遠いな――）

濁りのない軽井沢の夜は、どこまでも果てしなく透きとおっていて、満天の星の煌《きら》めきが降るようだった。

「お願いだから、もう一回、軽井沢に連れてってー!!」

絲毫《しごう》の星またたく夜空に、育代の声が吸い込まれていった。

（おわり）

あとがき

「須美ちゃんは名探偵!?」シリーズも、お陰様で第三弾を皆様にお届けできる運びとなりました。今作は初の長編。そして、舞台は浅見光彦や主人公・吉田須美子が暮らす東京都北区を飛び出し、長野県の軽井沢町――。

実は軽井沢のセンセこと、「浅見光彦」シリーズの産みの親・内田康夫が軽井沢に居を構えたのが、今からちょうど四十年前の一九八三年でした。その後、内田は一九九三年に浅見光彦を愛するファンのためにと浅見光彦倶楽部を自ら創設し、翌年にはクラブハウスを軽井沢に建設しています（現在は「浅見光彦記念館」として、広く一般の方にもご覧いただける見学施設となっております）。

今作では、内田夫妻が開いたティーサロンや、内田の愛した蕎麦店など、実在の場所を多く描かせていただきました。その一方で、「ペンション森の樹」など架空の場所もいくつか登場します。このペンションは、知る人ぞ知る「宿泊施設　浅見光彦の家」を参考にしていますが、残念ながら二〇一五年の秋に、惜しまれつつも閉業いたしました。

謎解きをしながらの一泊二日では、軽井沢の良さをご紹介するには短すぎましたが、それでも須美ちゃんが満足して旅を終えてくれて、正直ホッとしています（育代さんは最後まで軽井沢に戻りたがっていましたが……）。

皆様も機会がありましたら、是非、軽井沢に遊びにお越しください。手前味噌ですが、とても素敵なところです。作中、登場させることができなかった「浅見光彦記念館」では今年、特別企画展「浅見とセンセと軽井沢」や、謎解きイベント「軽井沢殺人事件2023」も実施しています。

作家・内田康夫が愛し、作家生活のほとんどを過ごしたこの軽井沢の地で、浅見ワールドを感じていただけましたら幸いです。

二〇二三年五月

軽井沢・内田康夫財団事務局

内田康夫著作リスト（☆＝浅見光彦シリーズ　△＝短編集）

1　死者の木霊《こだま》
2　本因坊殺人事件
3　☆後鳥羽伝説殺人事件
4　「萩原朔太郎」の亡霊
5　☆平家伝説殺人事件
6　遠野殺人事件
7　戸隠伝説殺人事件
8　シーラカンス殺人事件
9　☆赤い雲伝説殺人事件
10　夏泊殺人岬
11　倉敷殺人事件
12　多摩湖畔殺人事件
13　☆津和野殺人事件
14　△パソコン探偵の名推理
15　明日香の皇子《みこ》
16　☆佐渡伝説殺人事件
17　「横山大観」殺人事件
18　☆白鳥《しろとり》殺人事件
19　「信濃の国」殺人事件
20　☆天城峠殺人事件
21　杜の都殺人事件
22　☆小樽殺人事件
23　☆高千穂伝説殺人事件
24　王将たちの謝肉祭
25　☆「首の女《ひと》」殺人事件
26　△盲目のピアニスト
27　☆漂泊の楽人
28　☆△鏡の女
29　△軽井沢の霧の中で
30　☆美濃路殺人事件

31 ☆長崎殺人事件
32 十三の墓標
33 ☆終幕《フィナーレ》のない殺人
34 北国街道殺人事件
35 ☆竹人形殺人事件
36 ☆軽井沢殺人事件
37 ☆佐用姫伝説殺人事件
38 ☆恐山殺人事件
39 ☆日光殺人事件
40 ☆天河伝説殺人事件
41 ☆鞆の浦殺人事件
42 ☆志摩半島殺人事件
43 ☆津軽殺人事件
44 ☆江田島殺人事件
45 追分殺人事件
46 ☆隠岐伝説殺人事件
47 △少女像《ブロンズ》は泣かなかった

48 ☆城崎殺人事件
49 湯布院殺人事件
50 ☆隅田川殺人事件
51 ☆横浜殺人事件
52 ☆金沢殺人事件
53 ☆讃岐路殺人事件
54 ☆日蓮伝説殺人事件
55 ☆琥珀の道《アンバー・ロード》殺人事件
56 ☆菊池伝説殺人事件
57 釧路湿原殺人事件
58 ☆神戸殺人事件
59 ☆琵琶湖周航殺人歌
60 ☆御堂筋殺人事件
61 ☆歌枕殺人事件
62 ☆伊香保殺人事件
63 ☆平城《なら》山《やま》を越えた女
64 ☆「紅藍《くれない》の女《ひと》」殺人事件

65　☆耳なし芳一からの手紙
66　☆三州吉良殺人事件
67　☆上野谷中殺人事件
68　☆鳥取雛送り殺人事件
69　☆浅見光彦殺人事件
70　☆博多殺人事件
71　☆喪われた道
72　☆鐘
73　☆「紫の女《ひと》」殺人事件
74　☆薔薇の殺人
75　☆熊野古道殺人事件
76　☆若狭殺人事件
77　☆風葬の城
78　☆朝日殺人事件
79　浅見光彦のミステリー紀行第1集
80　☆透明な遺書
81　☆坊っちゃん殺人事件
82　☆「須磨明石」殺人事件
83　△死線上のアリア
84　☆斎王の葬列
85　浅見光彦のミステリー紀行第2集
86　☆鬼首殺人事件
87　浅見光彦のミステリー紀行第3集
88　☆箱庭
89　☆怪談の道
90　☆歌わない笛
91　☆幸福の手紙
92　浅見光彦のミステリー紀行第4集
93　☆沃野の伝説
94　☆札幌殺人事件
95　浅見光彦のミステリー紀行番外編1
96　☆軽井沢通信　浅見光彦からの手紙
97　☆イーハトーブの幽霊
98　浅見光彦のミステリー紀行第5集

99 ☆記憶の中の殺人
100 ☆華の下にて
101 ☆蜃気楼
102 ☆姫島殺人事件
103 浅見光彦のミステリー紀行番外編2
104 ☆崇徳伝説殺人事件
105 我流ミステリーの美学 内田康夫自作解説第1集
106 ☆皇女の霊柩
107 ☆遺骨
108 存在証明
109 ☆鄙の記憶
110 全面自供 浅見光彦と内田康夫いいたい放題
111 浅見光彦のミステリー紀行第6集
112 ☆藍色回廊殺人事件
113 ☆はちまん
114 ふりむけば飛鳥 浅見光彦世界一周船の旅
115 ☆黄金の石橋
116 ☆氷雪の殺人
117 浅見光彦のミステリー紀行第7集
118 ☆ユタが愛した探偵
119 名探偵浅見光彦の食いしん坊紀行
120 ☆秋田殺人事件
121 ☆貴賓室の怪人「飛鳥」編
122 ☆不知火海
123 名探偵浅見光彦のニッポン不思議《ミステリアス》紀行
124 ☆鯨の哭く海
125 ☆箸墓幻想
126 浅見光彦のミステリー紀行第8集
127 歌枕かるいざわ 軽井沢百首百景
128 ☆中央構造帯

129 ☆しまなみ幻想
130 ☆贄門島《にえもんじま》
131 Escape 消えた美食家
132 △龍神の女《ひと》 内田康夫と5人の名探偵
133 ☆化生の海
134 ☆十三の冥府
135 ☆イタリア幻想曲 貴賓室の怪人Ⅱ
136 ☆△他殺の効用
137 ☆上海《シャンハイ》迷宮
138 ☆風の盆幻想
139 ☆△逃げろ光彦 内田康夫と5人の女たち
140 ☆悪魔の種子
141 浅見光彦のミステリー紀行第9集
142 不思議航海《ミステリークルーズ》
143 ☆棄霊島《きれいじま》
144 ☆還らざる道

145 ☆長野殺人事件
146 ☆幻香《げんか》
147 妖しい詩韻
148 靖国への帰還
149 地の日 天の海
150 ☆壺霊《これい》
151 ☆砂冥宮《すなめいきゅう》
152 ☆ぼくが探偵だった夏
153 ☆教室の亡霊
154 ☆神苦楽島《かぐらじま》
155 ☆不等辺三角形
156 ☆風のなかの櫻香《さくらこ》
157 ☆黄泉《よみ》から来た女
158 ☆汚れちまった道
159 ☆萩殺人事件
160 ☆北の街物語
161 ☆遺譜《いふ》 浅見光彦最後の事件

162 浅見光彦の日本不思議舞台地《ニッポンミステリースポット》の旅　※早坂真紀・共著
163 ☆孤道《こどう》〔未完〕　165 △南紀殺人事件
164 愛と別れ　夫婦短歌（歌集）　166 ☆△名探偵・浅見光彦全短編

その他の内田康夫財団企画・公認作品リスト

【内田康夫財団企画】

『須美ちゃんは名探偵!?　浅見光彦シリーズ番外』内田康夫財団事務局
『浅見家四重想　須美ちゃんは名探偵!?　浅見光彦シリーズ番外』内田康夫財団事務局
『軽井沢迷宮　須美ちゃんは名探偵!?　浅見光彦シリーズ番外』内田康夫財団事務局

【内田康夫財団公認】

『孤道　完結編　金色の眠り』和久井清水
『ミダスの河　名探偵・浅見光彦 vs.天才・天地龍之介』柄刀一
『流星のソード　名探偵・浅見光彦 vs.天才・天地龍之介』柄刀一

『平家谷殺人事件　浅見光彦シリーズ番外』和久井清水　（二〇二三年六月刊行予定）

この作品はフィクションであり、文中に登場する人物、団体名は、実在するものとまったく関係ありません。また、作中に描かれた出来事や風景、建造物などは、実際とは異なっている場合があります。

光文社文庫

文庫書下ろし

軽《かる》井《い》沢《ざわ》迷宮《めいきゅう》 須《す》美《み》ちゃんは名探偵《めいたんてい》!? 浅《あさ》見《み》光彦《みつひこ》シリーズ番外《ばんがい》

著 者 内《うち》田《だ》康《やす》夫《お》財団《ざいだん》事《じ》務《む》局《きょく》

2023年5月20日 初版1刷発行

発行者 三 宅 貴 久
印 刷 新 藤 慶 昌 堂
製 本 ナショナル製本

発行所 株式会社 光 文 社
〒112-8011 東京都文京区音羽1-16-6
電話 (03)5395-8149 編 集 部
8116 書籍販売部
8125 業 務 部

落丁本・乱丁本は業務部にご連絡くだされば、お取替えいたします。
ISBN978-4-334-79532-0 Printed in Japan

組版 萩原印刷

KOBUNSHA